町長選挙

奥田英朗

文藝春秋

町長選挙／目次

町長選挙

PHOTOGRAPHY&DIGITAL ARTIST:ATSUO HASHIMOTO
DON Farrall/Getty Images
ART DIRECTION:KENTARO ISHIZAKI

オーナー

1

社用車のベンツが自宅マンションのエントランスに横付けされると、いきなりライトが照らされ、視界が真っ白になった。秘書が助手席から降りるより早く、記者の群れが車を取り囲む。ドアが開いたときは一斉にフラッシュが焚《た》かれ、いつものことながらめまいがした。

「下がって、下がって」角刈り頭の屈強な男が語気強く言う。最近は、ボディガード兼任として柔道部出身の若い秘書を従えていた。後部座席から先に降りた会長秘書室長の木下が駆け足で回り込み、道を空けようとする。「何ですか、あなた方は。敷地内には入らない申し合わせでしょう」顔を赤くして抗議した。

田辺満雄《たなべみつお》は、その様子を見ながら、「この馬鹿どもが」と舌打ちしながらつぶやいた。同じマスコミという甘えがあるのか、この記者たちは遠慮を知らない。ステッキをついてベンツから降り立つ。「こらァ、どかんか」葉巻をくわえたまま、満雄が一喝した。

「オーナー、球団の合併問題についてひとこと」

「オーナー、次の委員会はいつ招集するんですか」

いくつものマイクが突きつけられた。餌に群がる鯉のように、記者が輪を狭めてくる。通勤ラッシュのような混みようになった。

「押すんじゃない。自宅前では何もしゃべらんと言ってるだろう」

肘《ひじ》で無礼者たちを押しのけ、満雄は前に進んだ。

料亭帰りでほろ酔い加減の満雄を直撃取材するのが、番記者たちの日課になっていた。酒の入った満雄がつい口を滑らすのを待っているのだ。

「新山選手会長がオーナー側からの直接の説明を求めてますが」

どこかのテレビ局のマイクが鼻に当たった。葉巻が地面に落ちる。かっとなった。

「選手会と話し合うつもりはありますか」

「何を言うか。たかが選手が」満雄が声を荒らげた。

視界の端に木下の顔が映る。ボスの暴言に顔をゆがめていた。

「いや、選手の中にも立派な人はいるよ」満雄もまずいと思い、すぐさま言葉を連ねた。「社会福祉に貢献しているような、立派な選手だっているんだ」

言いながら、でもだめだわな、とあきらめる。発言はいいように編集されるに決まっている。それがイエロー・ジャーナリズムの常套手段だ。

「どいた、どいた」前を向き、歩を進めた。玄関先の段差で、後退していた記者たちが将棋倒しになる。なんと下等な連中であることか。満雄は秘書に道を空けさせ、やっとのことでエントランスホールにたどり着いた。

「おい、敷地内に入れるなと言ってるだろう」二十四時間常駐のフロントを叱りつける。

「すいません。注意はしているんですが、いつの間にか」身なりのいい若い男が恐縮して、米《こめ》搗《つ》きバッタのように頭を下げていた。

エレベーターに乗り、最上階のペントハウスに帰る。七十八歳になる満雄は、三年前まで成城の一軒家に住んでいたが、妻に先立たれたため、何かと便利な都心の高級マンションに引っ越した。時間の節約になったのはいいが、いっそう記者たちの餌食《えじき》になった。玄関をすんなり通れたためしがない。

上着を脱ぎ、木下に手渡した。ネクタイを外し、ソファに体を沈める。若い秘書に肩を揉ませた。

「お風呂はどうなさいますか?」住み込みの家政婦の声に、「朝にする」と答え、お茶を飲む。テレビをつけるとニュースでプロ野球界の再編問題を報じていた。どうせ明日になれば、さっきの問答が取り上げられるのだろう。前後をカットし、尖鋭的な言葉だけを繰り返し流すのだ。

悪役になることにはとっくに慣れた。週刊誌のアンケート記事では「不愉快な日本人」のナンバーワンに選ばれた。先日は私有財産が大袈裟かつ思わせぶりに報じられた。躍る見出しは否定的なものばかりだ。いまや小学生までが、「ナベマン」とマスコミがつけたあだ名で呼ぶ。

満雄は、日本一の発行部数を誇る「大日本新聞」の代表取締役会長である。同時に、プロ野球・中央リーグの人気球団「東京グレート・パワーズ」のオーナーでもあった。ここ数週間は、パワーズのオーナーとしてマスコミ各社の集中砲火を浴びていた。経営が苦しいと窮状《きゅうじょう》を訴えてきた太平洋リーグの数球団に合併を勧め、一リーグ制への移行を推進しようとして、世間の反発を買ったのだ。

もちろん「世間」などというのは、マスコミが操るものだ。ライバル各紙は、ここぞとばかりに大衆を煽《あお》り、満雄が諸悪の根源であるかのような世論を形成したのである。

それらはいずれも感情的で、程度が低く、同じ報道機関として看過できないものだった。義憤に駆られ、自己の正当性を主張する。マスコミがまた揚げ足取りをする。そんなことの繰り返しだった。

くだらない馬鹿どもが――。満雄は毎日この言葉をつぶやいている。天下国家を論じるべき公器が、大衆に迎合して恥じることもない。

テレビを消し、新しい葉巻に火をつけ、煙をくゆらせた。窓からは皇居の黒い森が見えた。その向こうには高層ビル群の夜景が輝いている。

この景色を眺めると、一介の政治部記者がよくぞここまで上り詰めたと感慨にふけることもある。幾多の競争に、自分はすべて勝ってきた。

「会長、そろそろおやすみになりませんと」木下が所在なげに言った。自分が寝付くまで居間で待機するよう言いつけてあるからだ。

「ああ、わかった」葉巻を秘書に手渡し、腰を上げた。満雄自身も、酔いが残っているうちに眠りにつきたい。しらふで普通に寝付けたことはもう三年ほどなかった。不安なのだ。寝室に行き、パジャマに着替え、ベッドにもぐり込んだ。真っ暗な部屋がいやなので、電気スタンドをひとつ、つけたままにする。

枕の形を整え、寝る態勢に入った。目を閉じる。頭がほどよく痺《しび》れていて、意識が途切れ途切れになっていく。よしよし、今夜は無事に寝付けそうだ。そう思ったとき、キンという小さな音がした。静寂の中でなければわからない音だ。

何だろうと思い、目を開けると、そこは暗闇だった。

一瞬にしてパニックになった。手足が硬直し、布団が踊るほどに全身が震えだした。「あわわわわ」声にならない声を発する。体中に汗が噴き出して、満雄はベッドから転がり落ちた。懸命に這いながらドアを探す。何かに頭をぶつけた。手でまさぐる。ここはどこだ？　もしかして冥途《めいど》なのか？　心臓が縮こまる。頭がぐるぐる回る。「おーい、おーい」声を発した。物音がして、そののち光が瞳孔を刺した。「会長、どうなさいました」木下が異常に気づき、寝室に入ってきたのだ。

よかった、死んでいない――。廊下からの薄明かりで寝室の中が見えた。ベッドがあり、テーブルがある。全身の力が抜け、満雄は床にへたり込んだ。

「会長、大丈夫ですか。救急車を呼びましょうか」木下が青い顔をして、駆け寄る。

「いらん」満雄は声を振り絞った。汗を拭い、荒い息を吐く。「余計なことはせんでいい」

ふと電気スタンドを見る。ついているはずの白熱灯が消えていた。

「おい、そのスタンドの電球を調べろ」

木下に外させると、フィラメントが切れていた。さっきの音はそれだったのだ。

「馬鹿もん、貴様の管理不行き届きだ。切れる前に替えておけ」

無茶な注文をつけていた。怒らないと、恰好がつかないからだ。

木下が顔を引きつらせ、頭を下げる。「もういい。帰っていい」追い払い、寝室の電気をつけた。まだ心臓が鳴り止まない。

満雄は大きく息を吐き、ベッドに突っ伏した。今夜は明るくしたまま寝ようと思った。寝られない可能性の方が高そうなのだが。

満雄は暗闇が怖かった。その先にあるものが怖いのだ。そして症状は、どうやらエスカレートしている——。

日本一の新聞社の会長ともあろうものが、とんだお笑い種《ぐさ》だ。

酔いがすっかり醒めていた。


翌日、満雄は会長室に主治医を呼んだ。精神安定剤を処方してもらうためだ。昨夜のパニックは頭について離れず、思い出すだけで気分が悪くなった。暗闇を恐れる症状について人に話す気はないが、薬が得られれば、それだけでも心強い。

「田辺さん。不眠症なら、そちらの専門医を紹介しますが」主治医は見透かしたように提案してきた。「ここのところ、お疲れでしょう。連日の宴席続きで」木下から情報を得たのか、説教めいたことも言う。

　これだから医者は嫌いだ。黙って薬を出せばいいものを。

「好き好んで料亭に行ってるわけじゃないぞ」満雄は抗弁した。

　会合の相手は政治家や財界人たちだった。国家の中枢にいる、トップ同士の意見交換なのだ。

「とにかく、安定剤にしろ、睡眠導入剤にしろ、専門家が処方した方が確実ですから。微妙な調合もありますし。知り合いの専門医を当たってみましょう」

「誰かいい医者はいるのか。信用の置ける人物じゃないと困るぞ。なにしろおれはハイエナどもに狙われてる身だからな。はは」満雄が、自分を笑うように言った。

「ええ、それは承知しています」主治医が宙を凝視して考え込む。「……確か、伊良部先生の病院なら神経科があったと思いますが」

「ああ、日本医師会の理事の伊良部さんか。前に何度か挨拶したことがあるな」

　伊良部総合病院といえば、戦前より名門として知られていた。

「息子さんが神経科医だと聞いたことがあります」

「身内か。じゃあ安心だな。あとで秘書に連絡させるから、前もって断りだけ入れておいてくれ」

「わかりました」

　血圧だけ測らせて主治医を帰した。下が百二十で上が百六十。立派な高血圧だ。これというのも、頭に血が昇ることばかりがあるせいだ。

会長室でしばらく執務をこなしていると、室長の木下がやって来た。伊良部総合病院の神経科医と連絡がついたと言う。

「そうか。じゃあ午後にでも往診を頼んでくれ」

「それがですね、往診はやってないと……」木下が表情を曇らせて言った。

「大日本新聞の田辺だと言ってもか」

満雄は耳を疑った。日本医師会にはずいぶん貸しがある。優遇税制についても、社説で庇《かば》ってやったことがある。

「はあ。ご子息本人と電話で話したのですが、何と申しましょうか、常識をわきまえてないと言うか……」

「向こうはなんて言ったんだ。正確に伝えろよ」満雄は木下をにらんだ。

「ええと……『いやだよーん』と」

「いやだよーん？」

「はい。なにやら変わった人物のようで、今日は寒いから外に出たくないと……」

満雄は顔が熱くなった。どいつもこいつも、今の世の中は半端者《はんぱもの》ばかりだ。日本の将来はいったいどうなるのか。

「もういい。別を探せ」ぞんざいに言い捨て、退室させる。「ああ待て」すぐに呼び止めた。「確か、伊良部総合病院は駒沢のパワーズ寮へ行く途中にあるんだったな。行ってやる。建設中の室内練習場の視察をするついでだ。車を回せ」

満雄は渋々出向くことにした。腹立たしいが、ほかを探す手間が面倒臭い。それに今夜の安眠のための薬がどうしても欲しい。

社用車を走らせ、東京の街を眺めた。少し目を離しただけで、もう新しい高層ビルが建っている。政財界はこれがバブルだということに気づいていないのだろうか。

紙面で警鐘を鳴らす必要があると思った。これだからおいそれと引退できないのだ。

伊良部総合病院の神経科は薄暗い地下にあった。思わず喉を鳴らす。満雄の嫌いな暗い場所だ。診察に同席もさせられないので、秘書たちは待合室に待たせておいた。

ドアをノックする。「いらっしゃーい」中からやけに甲高い声が響いた。ここだよな、と思わずプレートを確認する。中に入ると、一人掛けのソファに、よく太った、見たところ四十がらみの男が座っていて、笑顔で手招きしていた。白衣の名札には、「医学博士・伊良部一郎」と書いてあった。どうやらこの若造が伊良部理事の息子のようだ。

「田辺さんね。ナベマン。テレビで見たことあるよ、えへへ」歯茎を剝《む》き出しにして、なれなれしく笑う。満雄はむっとした。面と向かって、ナベマン？　なんたる無礼者――。

「紹介状がファックスで来たけど、眠れないんだって？　老人性の鬱《うつ》はまず不眠症状で表れるからね」

老人性という言葉にさらにカチンときた。満雄は我慢できず声を荒らげた。

「おい、老人性の鬱とは何だ。無礼だろう。あんたは黙って眠れる薬を処方すればいいんだ。

おれを誰だと思ってる」

「あはは。やっぱ威張ってる。テレビで見た通り」伊良部が手を叩いてよろこび、満雄を指差している。「きっと癇癪《かんしゃく》持ちなんだね。とりあえず注射打とうか。おーい、マユミちゃん」

伊良部の声に、奥のカーテンが開き、ミニの白衣を着た若い看護婦が現れた。やけに太い注射器を拳銃のように構え、不敵に口の端を持ち上げる。満雄は眉を寄せた。

「おい、なんだ。何をする気だ」

「まあいいから、座って、座って」

二人掛かりで上着を脱がされ、腕を注射台に縛り付けられた。

「おい、ちょっと、説明しろ」

「ただのブドウ糖注射だって」

「それがどうして必要なんだ」

「いいから、いいから」伊良部が玩具でもいじるように、楽しげに消毒液を塗っている。

抵抗しようにも、腕を押さえつけられていた。これは現実か？　もう十年以上、人から命令されたことはない。ましてや自由を奪われたことなど――。

注射針が皮膚を突き刺す。「痛ててて」つい情けない声を上げていた。いきなり一高の学生に戻ったような錯覚になる。進駐軍にＤＤＴを振りかけられたときの気分だ。

ふと看護婦の胸の谷間に目が行く。甘い匂いが鼻をくすぐる。目が合うと、看護婦は鼻で笑い、満雄のおでこを指でちょんとつついた。

あまりのことに声も出ない。酔っ払った銀座のホステスだって、ここまではしない。

注射が終わると、コーヒーが出てきた。伊良部がソファにもたれ、口に運んでいる。自分は粗末なスツールだ。ふつふつと怒りがこみ上げた。大日本新聞の会長で東京グレート・パワーズのオーナーたる自分を、この男はＶＩＰ扱いしないのか。

「で、眠れないって、毎晩なの？」と伊良部。

「いいや。ときと場合によりけりだ」満雄は憮然《ぶぜん》として答えた。

「パワーズが負けたときとか？」

「おい、ふざけちゃいかんぞ。おれはそこまで狭量じゃないし、だいいち今はシーズンオフだろう」

「じゃあ何よ」伊良部が言う。満雄はひとつしわぶき、口を開いた。

「なあ、あんた。まずはその口の利き方をどうにかしようとは思わんか。一応おれは地位ある人間なんだぞ」

「またあ、堅いこと言って」一向に動じることなく、気安く肩を叩かれた。

「この無礼者が。世が世なら手討ちにするぞ」満雄はその手を払いのけ、本気で怒った。

「田辺さん、顔が真っ赤。血圧上がっちゃうよん」

「何が『よん』だ。上げてるのは貴様だろう……」怒りで唇が震えた。

「怒りんぼだなあ。安眠したけりゃ、まず平静を保たなきゃ」

喉が鳴る。このおれに説教？　どうしてくれよう、この若造が……。

「高齢者の場合だと、死への不安から眠ること自体を恐れるってパターンがあるんだけどね」

どきりとした。思わず頬がひきつってしまう。

「馬鹿なこと言っちゃいかん。お、お、おれは死なんかとっくに覚悟してるぞ」言いながら汗が出た。舌ももつれた。

「前に来た八十歳の患者さんは、新聞で『永眠』って文字を見るだけで寝るのが怖くなるって泣き言を言ってたけどね」

「そんな暇なジイサンと一緒にするな。こっちは毎日が忙しくて、それどころじゃないんだ」

抗弁しつつ、汗が冷たいものに変わっていった。実のところ、最近は新聞の「訃報欄」を見るのが怖いのだ。自分より年下の人間が死ぬと、毎度胸が締めつけられる。

「ふうん。偉い人はちがうんだね」伊良部が、牛が鳴くように呑気《のんき》に言った。

「とにかく、こっちは忙しいんだ。さっさと薬を出してくれ。おれはあんたの親父さんとも知り合いなんだぞ」

「おとうさんは今週、ハワイで接待ゴルフだけどね」

「早くせんかいっ」声を荒らげていた。

「威張ってるなー」伊良部がぶつぶつ言いながらカルテに書き込んでいる。「じゃあ睡眠導入剤と、念のために抗不安剤も処方しておくから。それからしばらく通院してね」

「馬鹿を言うな。通院する暇などあるか」

「そこをなんとかしてさー。こっちも保険点数を上げたいし」

甘えた声を出し、満雄の腕を取り揺すった。

「ええい、離さんかい」

苛立《いらだ》ちで息が荒くなった。こいつ、もしかして痴愚魯鈍《ちぐろどん》の類か？

「じゃあ、明日ね」

ふざけるな、と怒鳴りつけたいのを堪《こら》え、ステッキを手に席を立つ。部屋の隅を見ると、さっきの看護婦がベンチに寝転んで雑誌を読んでいた。形のいいヒップと、ぴちぴちの太ももに目が行ってしまう。なんなのだ、この病院は。

それにつけても、ここまでぞんざいに扱われたのはいったい何年振りか。五十歳で政治部長になって以降はとんと記憶にない。

診察室を出ると、廊下の突き当たりにエレベーターがあった。一人で乗るのは怖いので、無理をして階段を昇った。暗闇と同様、満雄は狭い場所も恐れていた。何かを象徴しているようで、足がすくんでしまうのだ。

車に戻ると秘書たちに八つ当たりした。建設現場の視察でも怒鳴り散らした。

若造の医師の言いなりになった失態を、取り返さないと損なような気がしたからだ。

2

案の定、満雄の「たかが選手」発言はテレビで繰り返し流され、各方面で物議を醸《かも》すこととなった。前後の映像をカットして満雄が顔を赤くしてわめくシーンだけを放映したのには、予想できたこととはいえ、激しい憤《いきどお》りを覚えた。つい先日は、ぶらさがりの記者に、パワーズの外国人選手に満足しているかと聞かれ、「まだまだだな」と答えただけで、《ナベマン吼《ほ》える、ガイジンはいらん》と報じられたばかりなのだ。

プロ野球界の再編問題は、国民的な関心事となっていた。総理大臣の泉田までがコメントを求められ、「ファンのことを考えて」と発言していた。これだから大衆に迎合する政治家は好かない。政治部長を呼びつけて、泉田の景気回復策に疑問を投げかける記事を書くよう命じた。事実、現行内閣の無能ぶりには腹を据えかねていたのだ。

この日は週刊誌のインタビューを受けた。イエロー・ジャーナリズムの相手をするのは業腹《ごうはら》だが、秘書たちに説得されて受けることにした。どうせ書かれるのなら、少しは弁明しておいた方がいい。

やって来たのは三十代の若い記者と、編集部のデスクだった。編集長をよこすべきだろうと喉まで出かかる。だいたいが出版社は生意気なのだ。

「プロ野球の一リーグ制移行は、田辺さんが仕掛け人と理解してよろしいのでしょうか」

記者がいきなり喧嘩を売るようなことを言ってきた。

「あんたらはどうしてもおれをフィクサーにしたいらしいな。少し考えればわかりそうなものだろう。一リーグにするとパワーズに何か得でもあるのか。こっちは元々数十億からの黒字なんだぞ。どうして自分から動く必要がある」

記者をにらみつけ葉巻をくわえる。秘書が駆けてきて火をつけると、待ってましたとばかりにカメラマンが連写した。

「それでは、太平洋リーグの一部オーナーたちから助けを求められた、と」

「まあ言ってみりゃあそうだな。プロ野球は共存共栄だ。太平洋リーグが赤字続きとなれば救いの手を差し伸べないわけにはいかんだろう。ただし十二チームは多過ぎる。十チームぐらいにして質の高い野球を見せる。それが真のファンサービスってものだ」

「共存共栄とおっしゃるなら、まずは富の偏在を是正するべきだとは思いませんか？」

またそれか。満雄はうんざりした。

「君らはテレビの放映権料を分配するべきだと言うがな、ふざけちゃいかん。人の企業努力を何だと思ってる。パワーズは何もない時代に日本の職業野球を立ち上げ、さんざん投資してきたんだ。自由競争がなくなったら産業自体が勢いをなくすんだ。それとも共産主義がいいのか？　おまえらはアカか？」

その言葉に同席していた木下が顔色を変えた。何を恐れているのか、この程度のことで。

「チーム数が減ると、職を失う選手や球団職員が出ることになりますが」

「世間はリストラの嵐だろう。どうしてプロ野球界だけ安泰でいられる。もう甘えは許されんということだ」

「ファンはそれで納得しますかねえ」

まったく芸のない馬鹿どもだ。ファンを持ち出せば自分は安全圏にいられると思っている。

「おれはファンのためを思ってやってるんだ。このまま太平洋リーグが潰れてもいいのか。見殺しにしていいのか」

「ならば、田辺さんはご自身が救世主である、と」

「ふん。どうせここで頷《うなず》こうものなら、《ナベマン吼える、おれは球界の救世主だ》とでも見出しをつけるんだろう。あ？」

記者が苦笑し、ペンで頭を掻《か》いている。

「おまえらの手口なんかわかってるんだ。そうそう騙《だま》されはせんぞ。わっはっは」

満雄はやり込めたことに機嫌がよくなった。葉巻を吹かし、ソファに深くもたれる。

「ところで、チーム削減に関してプロ野球選手会はストも辞さない構えですが、パワーズ選手会のストは認めますか」

「やれるものならやればいい。そんな恩知らずはたちどころにトレードだ」

「恩知らずというのは、封建的なんじゃないですかねえ」

「何を言うか。球団はどれだけ選手の面倒を見てると思ってるんだ」

「大学の有力選手にはアマ時代から小遣いを渡してると……」

「あ？　何だ、それは」

「そういう情報も得てるんですよ。自由獲得枠の選手には、日常的に金品を与えているそうですね」

記者が上目遣いで言った。満雄の表情の変化を見逃すまいとしている。

「ちょっと待ってください。それは趣旨がちがうでしょう」木下が色をなして割って入った。

「今日は球界再編についてのインタビューのはずです」

「事実かどうか聞いているだけですよ」

「会長はスカウト活動までは関知していません」

「しかし管理責任は当然あるわけで……」

記者たちと木下が遣り合っている。猛然と怒りがこみ上げてきた。

「ええい、うるさい」満雄はステッキをついて立ち上がった。「やい、木下。おまえが受けろというから受けてみれば、何だこれは。ゴシップ屋の相手をさせるつもりだったのか」

「田辺さん、ゴシップ屋はないでしょう」記者が生意気に反論した。

「じゃあ何か。グラビアに女の裸を載せてジャーナリストのつもりでいるのか。笑わせるんじゃないぞ」

「会長、ここはわたくしに――」

そのとき、カメラマンがフラッシュを焚いた。一瞬、視界が真っ白になる。続いてまた光った。今度はめまいがした。どうしたことか。フラッシュを浴びるなど、毎晩のことなのに。

満雄は思わずソファに腰を落とした。ずんずんと血の気が引いていく。焦点がうまく定まらない。おまけに息苦しい。アームレストにもたれかかった。

「会長、どうかなさいましたか?」木下の声が、エコーがかかって聞こえた。

「あなた方、もう帰ってください。会長はお疲れなんです」

記者相手に、木下が抗議していた。満雄は、それをやけに客観的に聞いている。

頭の中で、和紙にインクが滲《にじ》むように、あるイメージが広がった。見たこともないのに、それが涅槃《ねはん》だとわかった。おれは、ここで死ぬのか？　いや、ありえない。

若い秘書が呼ばれて、満雄は抱きかかえられた。そのまま会長室の長椅子まで運ばれる。思い出したように恐怖に包まれた。瞼《まぶた》の裏で、フラッシュが幾重にも光っている。

救急車を呼ぼうとする木下を止めた。どうせ異常など見つかりはしない。とっくに自覚している。これは神経症なのだ。

「この前行った、伊良部総合病院の医者を呼んでくれ」なんとか声を振り絞る。無礼千万な医者だが、処方された薬は確かに効いたのだ。

しばらくして、木下が耳元で言った。

「あの、電話をしましたら、『いやだよーん』と……」

満雄は歯を食いしばって耐えた。ここで死ぬわけにはいかない。


「なによ、田辺さん。今度はめまいだって？」伊良部が、大きなあくびをしながら呑気そうに言った。「大変だね。不眠だったり、目が回ったり」

満雄は左腕をさすると、目の前のカバに似た男をにらみ据えた。来るなり注射を打たれたのだ。今日は強壮剤だと言っていた。どうしてここへ足が向かってしまったのか。人間、気弱になると愚者にもすがりたくなるものなのか。

「電話で秘書の人が言ってたけど、何かのきっかけで突然パニックになるんだってね」

「木下が言ったのか」満雄は目を吊り上げた。

「あと、水虫だとも言ってたけど」

「ふざけるな。そんなもの一度もなっとらん」

「秘書も心配してるんだから怒らないの」伊良部はソファに片膝を立て、鼻をほじっていた。無礼過ぎて言葉も失う。「それより症状は正直に言わなきゃ。パニック障害なら、それなりの対処があるんだからさ」

「パニック障害？」

「そう。自律神経失調症の一種。ひどいと失神するから、電車に乗れないとか、外出が怖いとか、日常にいろんな支障が出てくるわけ」

満雄は考え込んだ。確かに自分は、ときとしてパニックに陥る。その要因はわかっている。暗闇と、閉所と、それに今回フラッシュが加わった。

「はい白状して」心の中を見透かすように伊良部が言った。

「ふん。おれはちゃんと出歩いてるぞ。勝手な診断を下してくれるな」

「強情だなー。暗闇が怖いくせに」

「木下が言ったのか」満雄は目をむき、つばきを飛ばした。

「だから心配して言ってるんだって」

「誰がそんなもの怖がるか。子供じゃあるまいし」強がりを言った。こんな馬鹿に弱みは見せたくない。

「じゃあ試しに電気消すよ。ここ地下室だから真っ暗になるけどいい？」伊良部がにやりと笑い、顔を突き出した。まるでカバが餌を欲しがっているような仕草だ。

「おおやってみろ」満雄は勢いで言った。でも膝が小さく震え始めた。

「おーい、マユミちゃん。電気消してくれる」

ベンチで寝転がっていた看護婦が満雄に一瞥《いちべつ》をくれる。面倒臭そうに立ち上がると、壁のスイッチを押した。暗闇になる。

満雄は生唾を飲み込んだ。たちまち全身に汗が噴き出る。同時に息苦しくなり、じっとしていられなくなった。自分の存在が消えてしまったかのように、前後左右の感覚がなくなった。時間もわからなくなる。一分経ったのか、十分なのか、これは永遠に続くのか。死、永眠——。その言葉が頭に浮かぶ。膝ががたがたと震えた。叫び出してしまいそうになる。

「うわーっ」叫び声がした。それは伊良部の声だった。「マユミちゃーん。電気つけて。早く、早く」

けたたましい音がした。ビーカーの割れる音、注射台が倒れる音。何が起きたのか。満雄の頭は混乱に陥った。体に衝撃を受ける。伊良部が抱きついてきたのだ。満雄はそのままうしろに転倒し、床に後頭部をしたたか打ちつけた。ゴン、という鈍い音がした。

「ちょっとォ、何やってるんですか」看護婦がだるそうに言い、部屋の電気がついた。「二人とも馬鹿なんじゃないですかァ」軽蔑の眼差しで見下ろしている。

「ああ、びっくりした。本当に何も見えないんだもん」

「ううう……」満雄がうめく。息が出来ない。頭がガンガン響いている。

「あら？　大丈夫？」と伊良部。

「ええい、どかんか」懸命に声を上げた。伊良部の下敷きになっているのだ。

「ごめん。痛かった？　えへへ。田辺さん、歳だし、死なれるとまずいよね」伊良部が照れ笑いし、起き上がる。

「このやぶ医者が……」満雄は激しく咳き込んだ。目には涙が滲んでいる。

「いやあ、うっかりしてたけど、ぼくも完全な暗闇って子供の頃から怖かったんだよね。今でも小さい電気つけて寝るもん。あはは。暗闇って、怖い、怖い」

伊良部が頬を赤くし、手で扇《あお》いでいる。満雄はやっとのことで体を起こし、呼吸を整えた。

「貴様、本当に大人か。頭の中は五歳だろう」かすれ声で言った。

「失礼だなー。大人なのに」

「パニックになるのはおまえじゃないかっ」満雄は食ってかかった。「なあにがパニック障害だ。だったらおまえが病気だろう」

「ぼくは昔からだから。田辺さんは最近なんでしょ？　何か原因があるわけよ」

「うるさい。なんでこのおれが貴様ごときに相談しなけりゃならんのだ」

「威張ってるなー。とにかく座ったら？　おーい、マユミちゃん。コーヒー二つね」

満雄は全身の力が抜けた。どうして自分はここにいるのか。

「で、暗闇でパニックになるわけでしょ？　ほかは？」

伊良部が子供みたいな声で言う。この男、見かけは息子でも中身は孫だ。

「閉所。最近はエレベーターも一人じゃだめだ」満雄は投げやりに言った。抵抗する気が失せたのだ。「今日はカメラのフラッシュだ。まったくいやになる」

大きく息を吐いた。背中が丸くなり、不意に自分の年齢を感じた。

「暗闇と閉所は、きっと棺桶をイメージするからだろうね」伊良部が、胸を刺すようなことを平然と言った。「フラッシュで視界が白くなるのは天国。やっぱり田辺さん、死が怖いんだよ」

「あんたなあ……言うに事欠いて」怒りたくても力が湧いてこない。それに、痛いところを突かれたと思った。死を恐れているのは事実なのだ。

「歴史を繙《ひもと》いても、権力の座についた人間は、必ず回春《かいしゅん》と不老不死の研究をさせるからね。長生きしたいと思うのは、田辺さんだけじゃないよ」

満雄は黙り、伊良部を見据えた。

「普通の人の人生は、リタイアしてフェードアウトするけど、権力者の人生は終わりが死しかないわけ。だからみんな過剰に死を意識するんだな」

満雄はスツールに座り直した。この男、真性の馬鹿というわけでもなさそうだ。

「じゃあ聞くがな。仮におれが死を恐れているとして、どうすればいい」

「そりゃあリタイアだよ。お金もあるだろうし、遊んで暮らせばいいじゃん」

「馬鹿を言っちゃあいかん。おれにはまだやることがあるんだ」

「やることって何よ」

伊良部がコーヒーに角砂糖を三つも入れ、音を立ててすすっている。

「あんた、おれのことをあまり知らんようだがな、大日本新聞社の会長としてあれこれ奔走してるんだぞ」

「ニュースで毎日やってる、プロ野球の一リーグ化とか？」

「そんなものは小さな問題だ。所詮は娯楽だろう。国が左右されるわけでもない。それより憲法改正だ。アメリカの押し付けた憲法にしがみついているうちは、日本はいつまでたっても国連の二等国だろう。おれはどうしてもこれを変えたいんだ」

「ふうん。よくはわからないけど」

「それから今の泉田内閣はなっとらん。パフォーマンスで人気を稼いでるが、政策はどれも机上の空論だ。とくに経済はど素人だ。実務経験のない学者を大臣なんかに据えやがって。あの内閣がどれだけ国益を損ねているか――」

「要するに、田辺さんは国を憂いてるわけだね」

伊良部がコーヒーを飲み干し、今度は無心に菓子を食べている。

「おい、伊良部君よ。国を憂うだけなら長屋のクマさんにだってできるぞ。おれがちがうのは一千万読者がついてるってことだ。その気になれば代議士の一人や二人、落選させることだって可能だ。つまり力があるんだ。力あるものがそれを善用しないのは罪だろう。ましてやおれはジャーナリストなんだ」

「へえー、そうなんだ」

「へえーって、じゃあ何だと思ってた」

「だって、ナベマンはナベマンだし……」

「わけのわからんことを……」満雄はため息をつき、コーヒーを飲んだ。しかし、どうしてこんな変人相手にとうとうと話してしまったのか。「まあいい。薬を処方してくれ。パニックなんとかに効くやつをな」

「この前の抗不安剤ぐらいしかないけど」

「それでいい。それから、おれは毎晩マンション前でフラッシュを焚かれるんだが、いい対策法はないか」

「サングラスでもしたら？　あるいはフラッシュを焚かなくても写るように、玄関先を明るくしておくのもいいだろうし」

伊良部がピーナッツを宙に放り投げ、口で器用に受け止めていた。「うまいでしょ？　えへへ」無邪気に笑っている。

満雄は一人かぶりを振った。天下の田辺満雄を前に、ここまでマイペースでいられる人間がいるとは……。

薬をもらい、病院をあとにする。車に戻り、待機していた木下を小突いた。

「おい、やぶ医者相手に人のことをぺらぺらしゃべりやがって」

「いや、あの、症状を説明すれば伊良部先生も治療しやすいだろうと……」木下はしどろもどろで言い訳していた。

「ふん。今日のところは勘弁してやる」

リアシートに身を沈め、外の景色を眺める。人々が平和そうに日常を送っていた。

それにしても棺桶か――。満雄は口の中でつぶやいていた。よくも遠慮なく言ってくれたものだ。考えないようにしてきたことを、いきなり目の前に突きつけられた気分だ。

死ぬことは仕方がない。そんなことはわかっている。しかし、自分はまだ鬼籍に入るわけにはいかない。日本一の発行部数を誇る新聞社の会長としての使命だ。今の日本は、変えなければならないことが多過ぎる。ふぬけの後輩たちには、まだ任せられない。

交差点で車が止まる。横断歩道を、杖《つえ》を突いた老人がよろよろと歩いていた。きっと自分と同じくらいの歳だ。見たくないので、目をそらせた。

正直なことを言えば、生涯現役でいたいのも事実だ。誰からも必要とされなくなったら、自分は一気に老け込んでしまうだろう。予定のない毎日に、途方に暮れてしまうだろう。

「おい、眼鏡屋にやってくれ」運転手に命じた。「それから電器屋もだ」

社用車は東京の街を滑るように走り抜けていく。

その夜、料亭での会合を終えて帰ると、記者たちが待ち構えていた。ライトとバッテリーを提げた若い秘書を先に降ろし、照明を車の後部座席に当てさせる。その間に満雄はサングラスをかけた。

ドアを開け、ライトを浴びながら降りる。何事かと記者たちが訝《いぶか》っていた。

「どうだ。明るいからフラッシュはいらんだろう。感謝しろよ。わっはっは」

フラッシュは光らなかったが、いつもよりたくさんのシャッター音が響き渡った。

「オーナー、新山選手会長が具体的にストの方法と日程を提示したそうですが」

「またその話か。新山君もファンのことを少しは考えんとな。ストをして悲しむのはファンだろう」

「球団削減ならファンは悲しまないわけですか？」

「馬鹿を言うな。チームを減らしてよりレベルの高い野球をお見せしようとしているんだ。これぞファンサービスじゃないのか。貴様はどこの社だ。朝日か。文春か。どうせ悪口しか書かないんだろう。ほら、道を空けんか」

誰かに足を踏まれた。しかもヒールだ。激痛に顔がゆがむ。

「こらァ。道を空けろというのがわからんのかっ」

怒鳴り声を上げた。ここぞとばかりにカメラが押し寄せる。

「この馬鹿どもが。貴様らは猿か」

「今、猿って言いましたね」記者の一人がマイクを突きつけた。

「言ったがどうした」

「撤回を求めます」

「聞いたふうな口を利くな。このモンキーセンターが」

思わずステッキを振り上げた。すると人の輪がするすると引き、満雄は恰好の被写体となった。まるで撮影会だ。

またしても挑発に乗ってしまった——。わかっているが止まらない。馬鹿が意見する世の中に、我慢がならないのだ。

3

満雄の言動はますます国民の関心事になりつつあった。ステッキを振り上げた写真は、あろうことか一般紙の社会面まで飾ったらしい。満雄を悪役にしたいライバル紙には、葉巻にサングラスという組み合わせが恰好の材料となったようだ。《ボスのご帰館》とギャング扱いする新聞まであったと、秘書から報告を受けた。

スポーツ紙に至っては、やりたい放題だ。わざわざ犬山のモンキーセンターに注進し、「不愉快な例《たと》え。謝罪をして欲しい」などというコメントを引き出していた。馬鹿馬鹿しくて口を利く気にもならない。

さすがに売り上げに響くと危惧《きぐ》したのか、販売担当の役員がやんわりと意見を言ってきた。

「会長、そろそろ販売店からクレームが来ておりますので……」

「馬鹿野郎。おれは正しいことを言ってるんだ。それを捻《ね》じ曲げる連中に屈しろとでも言うのか。大衆に迎合しなくても、最後は正義が勝つんだ」

叱りつけて追い返した。ただし経営者としての責任上フォローもしておいた。パワーズ戦のチケットをより多く販促に使えるよう手配した。大日本はパワーズ人気で部数を伸ばしてきた新聞だ。パワーズが安泰なうちは、新聞も大丈夫だ。

だからこそ、満雄はプロ野球の地盤沈下には無関心でいられなかった。太平洋リーグが経営破綻しているなら、中央リーグがそれを吸収し、金になるパワーズ戦を分け与えるのがいちばんの得策だ。そうするには一リーグ十球団程度が適正規模である。世間はどうしてこんな簡単な理屈がわからないのか。ファンを無視するなの一点張りで、代案すら示そうとしない。ファンを名乗る連中にしても、大半は球場へ年に一度も足を運ばない茶の間の傍観者たちである。身銭を切らないくせに、発言だけは一丁前なのだ。

どう考えても自分は正しい。球界のためにも屈するわけにはいかない。


その日は、旧知の会社社長の退任パーティーがあり、満雄は来賓として出席した。会長に就任するのかと思えば、地方の大学に教授として招かれて行くのだと言う。

「田辺さんにはいろいろとお世話になりました」まだ六十八歳の元社長が、にこやかな顔で声をかけてきた。

「おい、あんたおれより十《とお》も若いのに、田舎大学の教授はないだろう」

満雄は半ば本気で眉をひそめ、苦言を呈した。

「いやあ、山の中にあるような大学なんですけどね。空いてる畑を自由に使っていいって言うし、川では鮎《あゆ》釣りができるって言うし」

「なんだ、それじゃあ隠居同然じゃないか」

「そうそう。セミリタイアですよ。読みたかった本を読んで、クラシックのCDを聴いて、カミさん……まあ、のんびり暮らしますよ」

カミさんと、という言葉をあわてて呑み込んだ様子だった。満雄が妻に先立たれたことを気遣ったのだろう。

「せめてグループ企業の面倒ぐらい見るべきなんじゃないのか」

「大丈夫ですよ。うちは優秀なのが揃ってますから」そう言ったところで、元社長は言葉に詰まった。もう十年以上トップに君臨する満雄に、皮肉に聞こえないか心配したのだ。

簡単なセレモニーがあり、まずは自民党の五十代の代議士がマイクを握り、元社長の引き際のよさを褒め称えた。

「思えば、山本さんは深酒をしない人でした。酒なら二合、ウイスキーなら水割り三杯と決めて、さっさと切り上げる人でした」

自分とは大違いだと、満雄は自嘲気味に笑った。深酒でもしないとやっていられない。

「政界はなにかと上がつかえている世界で……おっと、これはここだけの話ですが、まあ、なかなか辞めない人が多いわけです」

会場の笑いを誘っている。満雄はむっとした。自分だけでなく、古稀《こき》を過ぎた企業トップもこの中には少なからずいるのだ。

「去っていく人の後姿はいかにも美しいわけでして、その点でも山本さんはスタイリストなんだなあと……」

まるで辞めない人間が醜いみたいである。満雄はこの代議士を叩くことに決めた。どの道、泉田首相の子飼いというからろくな政治家ではないのだ。

何人かがスピーチをし、最後に乾杯の音頭を満雄が取ることになった。

「えー、なかなか辞めない田辺であります」どっと会場が沸く。「世間はわたしを辞めさせたいようですが、そうなると余計に居座りたくなるものなんですな。ははは」

まばらに拍手が起こった。みなが満雄の顔色を窺《うかが》っている。

「わたしを見送りたい人は、葬式まで待つとよろしい。ともあれ、山本君の田舎暮らしに乾杯」

きつめの冗談と受け取られたようで、場がしらけることはなかった。歓談に入ると、真っ先に代議士が頭を下げに来た。さっきのスピーチに他意はないと、汗を拭いて弁明していた。新しい経営陣も次々と挨拶に来た。自然と体が反《そ》り返る。

殿様扱いされることに、快感を覚えないと言ったらうそになる。しかしそれと引き換えに、充分身も心も削っているのだ。使命感がなければ、耐えられるものではない。

「田辺さん、こんばんわんこ蕎麦《そば》」

その声に振り返ると、派手なスーツ姿の伊良部がいた。ネクタイなど赤い花柄だ。「相変わらず威張ってるなー」うれしそうに肩をつつかれた。

「なんであんたがここにいる」満雄は顔をしかめ、低く言った。

「ここの会社、うちの病院が指定医になってて。社員の健康診断とかもやってるから」

「もちろんほかの医者がだよな」

「うん。ぼくは神経科医だし。今日はおとうさんの代理」

まったくいい大人が「おとうさん」か。胸糞《むなくそ》が悪くなってきた。

「どう？　パニック障害は。少しはよくなった？」

「馬鹿。でかい声で言うな」満雄は焦《あせ》って周囲を見回した。「貴様には医者の守秘義務という観念がないのか」色をなして抗議した。

「神経症はカミングアウトした方がいいんだって。周りの理解も得られるし」伊良部が白い歯を見せ、通りかかった経団連の理事の袖《そで》を引っ張る。「ねえ、この人、パニック障害」満雄を指差し、明るく言い放った。

満雄はあわてて伊良部の口を押さえた。「いやあ、伊良部君は冗談が好きで」ついでにステッキで首を絞めた。「うぐぐ」巨体の伊良部がもがいている。

「ああ、医師会の伊良部さんのご子息ですか」理事が相好《そうごう》をくずし、会釈した。

「ご子息って、ただの馬鹿息子ですよ。ははは」満雄は代わりに答えた。

去っていくのを見届け、解放してやる。

「ひどいなー、田辺さん」伊良部は口をとがらせ、文句を言った。

「どうしておれが貴様と漫才をしなけりゃならんのだ」満雄が目を吊り上げる。こんな馬鹿と関わっている自分が情けなくなった。

「ところで表にマスコミがいっぱいいたよ。田辺さんを待ち構えてるんじゃないの」

「ふん。どうせ選手会がスト決行の決議でもしたんだろう。社説で筆誅《ひっちゅう》を加えてやる」

今日は球団側との最終折衝の日で、決裂しそうなことは事前に聞いていた。

「またフラッシュの嵐だね」

そう言われて不安になった。この場で倒れたら恰好のネタを与えることになる。サングラスは持参しているが、一斉に焚かれたら心もとない。

「裏口から脱出したら？」

「ふざけるな。どうしておれがこそこそ逃げなきゃならんのだ。連中は大喜びで《敵前逃亡》と書くぞ」

「頑固だなー」伊良部が眉を八の字にしていた。「じゃあホテルに車椅子でも用意してもらったら？　サングラスをかけて目を閉じてればいいんだから」

「だめだ、だめだ。健康問題を取沙汰されるだろう。おれくらいの歳になると、そういうのがいちばん困るんだ」

「じゃあおんぶ。ぼくがしてあげてもいいけどね」

「同じことだ」

「それなら騎馬戦の騎手。これなら大将気分じゃない」

満雄は伊良部をまじまじと見つめた。この男、どこからそういう発想が出てくるのか。

「途中でめまいでもして歩けなくなったら大変だよ」

確かに、一理あるにはある。そろそろ次の予定もあった。渋々でも従うことにしたのは、満雄が半ば自棄《やけ》気味だったからだろう。国民的な敵役にされ、いい加減開き直る気持ちがあったのだ。

馬は若い秘書二人と伊良部が務めた。やけに乗り気な伊良部が、先頭役を買って出た。満雄はサングラスをかけて馬に跨《また》がった。会場の参列者たちが何事かと眺めている。もういい。勝手に噂するがいい。こっちは説明するのも面倒なのだ。

ボーイにドアを開けさせ、ロビーに出た。待ち構えていた記者たちが振り返り、口をあんぐりと開けて見上げた。

「どけ、どけ。ここならマイクも届かんだろう」満雄はステッキを振り回した。「これは自己防衛だ。おまえらが行く手を阻んだり足を踏んだりするからいかんのだぞ。わはは」

心ならずも高笑いしてしまった。想像以上に眺めがよかったのだ。三流マスコミの記者たちがますます馬鹿に見えてくる。

ただし、いつも以上のフラッシュを浴びると、急速に気分が悪くなった。あわてて目を閉じても、瞼の裏が白く光っている。なんとか背筋を伸ばそうとするのだが、体がバランスを失っていた。

異変に気づいた秘書が背中を支えてくれ、なんとか車にたどり着く。後部座席に押し込まれたときは、全身を震わせていた。車がマスコミを振り切り、発進する。

「はい、薬。ペットボトルの水もあるよ」伊良部が錠剤を口に入れてくれた。満雄はくぐもった声で「すまんな」と言った。伊良部は案外、いい医者なのかもしれない。

「明日のスポーツ新聞、ぼくも載るなあ。コンビニに買いに行かなきゃ」

伊良部が一人ではしゃいでいた。何か言いたかったが、苦しくて声にならなかった。自分はこの先、どうなってしまうのか。

プロ野球選手会がストに突入し、満雄はますます世間の非難を浴びるようになった。もはや民衆の敵と言っていいほどだ。どのメディアも、狂ったように満雄を諸悪の根源として責めたてている。あるスポーツ紙などは、騎馬に跨る満雄の写真をパネルにして販売するという恥知らずな商売までした。訴えれば、それをニュースにする構えなのだ。

大日本新聞だけが選手会を非難する記事を載せたが、焼け石に水どころか部数を落とす羽目になった。急遽《きゅうきょ》販売会議が招集され、担当役員が頭を抱えていた。

マス・ヒステリーとはまさにこのことだと満雄は思った。冷静な人間が一人もいない。選手たちはストをやっておきながら、寮から出て行こうともしなかった。球団所有の練習場も平気で使っている。要するに、いい服を着てベンツを乗り回す子供たちの駄々《だだ》なのだ。プロ野球がなければ、自分たちはただの町のニイチャンだという自覚がまるでない。

「しょうがないよ。高校時代からちやほやされてきたんだから」

伊良部が慰めてくれた。あろうことか、満雄はまた病院を訪ねていた。ほかに話し相手がいないのである。

「懐《ふところ》が痛まない人間ほど好きなことを言いやがる。控え選手に数千万も払ってる経営者の身にもなれってんだ」

「まあまあ。血圧上がっちゃうよ」

看護婦がいれてくれたコーヒーを飲む。銀座のクラブのくせで、ついお尻に手が伸び、お盆で頭を思い切り叩かれた。まったくひどい看護婦だ。

「ところでパニック障害なんだが、最近また症状がひどくなってな」満雄が背中を丸め、口を開いた。「先週あたりからは、夕焼けが憂鬱《ゆううつ》なんだよ。空が暗くなっていくのを見てると、ざわざわと胸騒ぎがして、じっとしてられないほど心細くなるわけだ」

「ふうん。それは重症だね。南極にでも行ったら？　この時期、白夜で日が沈まないだろうから」伊良部が顎《あご》を撫でながら言う。

「ほう、なるほど。で、夏場は逆にアイスランドあたりに行くと」

「そうそう」

「ふざけるな。あんたと漫才はやらんと言ってるだろう」満雄は鼻に皺《しわ》を寄せてにらみつけた。「リタイアすればらくになるのに。あとは召されるのを待つだけだから、死ぬことなんか怖くなくなるよ」

「こいつめ。好き勝手言いやがって。おれはまだ辞めんぞ。やることがあるんだ」

「そうかなあ」

「そうだ。それに忘れ去られてからの葬式は淋しくてかなわん」

「へえー。そんなこと考えてるんだ」

満雄はひとつ息を吐き、静かに話した。

「この前、旧知の元政治家が死んだんだが、薄情なもので、世話になったはずの財界人や代議士が葬式に秘書を寄越しただけだ。引退して何年もすれば、自動的に過去の人ってわけだ。おれはいたたまれなくてな。人間の正体はこういうときにわかるんだ」

伊良部が身を乗り出す。「わかった。田辺さん、淋しがり屋なんだ」

満雄は苦笑した。ああそうだ。おれはまさに淋しがり屋だ。憎まれ役であろうと、賑やかな毎日がいい。人に囲まれていないと、生きている気がしない。とくに女房を亡くしてからはな――。そう言いたいのを呑み込んだ。

「あんた、七十八歳の年寄りを捕《つか》まえて淋しがり屋はないだろう」

「いっそのこと生前葬でもやったら？　誰が参列するかわかるし、香典いくら包んだかもわかるし」

満雄は声を上げて笑った。「生前葬か。そりゃあいい。マスコミは大喜びだ」

「日本武道館かなんか借り切ってさ。今なら有料でも客が押し寄せるね」

「伊良部君。漫才はせんと言ったろう」

コーヒーを飲み干し、満雄は立ち上がった。話をして少し体が軽くなったような気がした。

伊良部を相手に時間を潰すのが、すっかり癖になってしまった。

匂いがするのだ。

「田辺さん、注射忘れてる」

「ああ……そうだな」伊良部に言われ、素直に従った。マユミという看護婦は、なにやらいい

4

選手会のストは土日だけという変則的なものだった。腰が引けているのがありありで、全面対決しないのがいかにも日本的と言えた。ファンの後押しを得た選手会長は、いまや国民的ヒーローだ。そして満雄は、悪の枢軸とまで言われている。

プロ野球の一リーグ制移行は、どうやら頓挫《とんざ》しそうだった。目立ちたがりのＩＴ長者たちが球団買収に名乗りを上げ、彼らもファンの歓迎を受けたからだ。

太平洋リーグの赤字体質の現状は、何ひとつ解決されていない。それなのに世間は、大団円を迎えた気でいる。大衆の目は節穴だと、あらためて満雄は思った。もっとも、大衆を馬鹿にして成功した人間は、一人としていないのだが――。

それより新たな問題が、満雄に降りかかってきた。スカウトが大学の有力選手たちに小遣いを渡していたことが、メディアで盛んに取沙汰されているのだ。

以前、週刊誌の取材でぶつけられたときは、たいして気にも留めていなかった。秘書の報告によると、昔からどこもやっていることで、球界では暗黙の了解とされていたからだ。それを

今蒸し返すのは、明らかに便乗バッシングと言えた。

「この馬鹿者が。よそがやってるからって、うちが真似してどうする」

満雄は、球団代表を呼びつけて叱責した。

「パワーズは誰もが入りたがる球団だろう。プライドはあるのか」

「あいすいません。しかし最近の若者は、必ずしもパワーズがいいとは……」

汗を拭き、苦しげに弁明していた。

「そうなのか？」

「ええ。パワーズではレギュラーになれないと敬遠するむきも……」

「まったく、大志を抱かん腰抜けどもが。この国の将来はどうなるんだ」

満雄は木下に、同じく金銭授受が指摘されている別の球団のオーナーに電話をするよう命じた。直接善後策を練った方が、話が早い。

「田辺さん、申し訳ありません」電話口でそのオーナーがいきなり謝罪した。「昨日、本社の役員会がありまして、わたしは球団経営から退くことになりました」

「なんだって？」満雄は思わず声を上げた。「退くって、あんた、創業者一族だろう。誰に気兼ねする必要があるんだ」

「それが、本社の方も業績不振が続いてまして、銀行筋からは球団売却の要求もあるほどなんです。そうなると、当面は本業に専念するポーズでもとらないことには……」

このオーナーは二代目のボンボンだった。これだから戦後生まれは根性がないのだ。

「わかった。長い間ご苦労さんだったな」

憤慨する気持ちを抑え、電話を切った。さて困った。このオーナーが辞めると、世間的には引責辞任ということになり、そうなると満雄にも辞任を求める声が湧き起こる。

そこへ木下が入ってきた。「会長、少しよろしくないニュースが……」表情が曇っている。

「本当に『少し』なんだろうな。『とても』だったら貴様なんか酢漬けにしてやる」

「では、とても、です。大阪ジャガーズのオーナーが辞任を発表しました」

ジャガーズといえば、パワーズと人気を二分する関西の老舗《しにせ》球団である。ジャガーズも金銭授受を認めていたのだ。

「ははは」満雄は乾いた笑いを発した。馬鹿馬鹿しくて、笑うしかない。ささいな汚点をあげつらい、実力ある者を引き摺《ず》り下ろす。これが衆愚社会だ。黒か白かでしか物事を見られない。清濁《せいだく》併せ呑むということがわからない。

この国はどんどん幼稚になっている。国家建設を経験したのは、満雄たちが最後の世代だ。戦後生まれは飢えすら知らない。だから甘いことを言う。こんな連中に国を任せられるわけがない。

「社の前にマスコミが集まってますが、このあとの会合はどうなさいますか」木下が恐る恐る聞いた。

「出席する。決まってるだろう！」声を荒らげた。

「地下の駐車場から出ますか？」

「馬鹿者。獅子が猿相手に尻尾を巻くのか。表から出てやる。騎馬を作れ！」

「あのう……あれは社内でもちょっと意見が分かれてまして……」

「うるさい。おれを誰だと思ってる。大日本新聞の会長で東京グレート・パワーズのオーナーだぞ。おれは誰にも屈しないんだ」

頭に血が昇った。どいつもこいつも矢面《やおもて》に立ちたがらない腰抜けばかりだ。拝金主義で、志もなく、人の顔色ばかり見て生きている。自分は出自がちがう。戦後の焼け跡で、国家の再生を誓った日本男児の一人だ。大和魂とは、おれの魂のことだ。


玄関ホールで若手秘書に馬を作らせ跨った。ステッキを突き上げる。「おらおら、どかんか。ペンとカメラでおれに勝てると思うな。辞めさせたければミサイルでも持ってこい」いつもより声がよく通った。

記者たちが色めき立ち、行く手に押し寄せる。派手にフラッシュが焚かれた。

「オーナー、ほかの球団はトップが交代してますが」

「オーナー、辞任のお考えはありますか」

「どけどけ。おまえらにくれてやるコメントなどないぞ。がはは」

「ナベマン、いよいよご乱心かよ」そんな声が聞こえる。知ったことか。好きなだけ書くがいい。

車寄せまでの距離が短かったので、なんとかパニックにはならずにすんだ。後部座席に身をしたのだ。

沈め、呼吸を整える。ところが、うまく息が吸い込めなかった。車内の空気が薄いような気が
「おい、窓を開けろ」木下に命じた。

「各社のバイクや車が追いかけてきますが」

「かまわん。とにかく開けてくれ」

窓から身を乗り出し、酸欠の金魚のように、空気を吸った。並びかけたワゴン車から、どこかのカメラマンがフラッシュを焚く。この猿どもが。仕方なく窓を閉める。

「おい、屋根は開かんのか」

「この車はサンルーフがありませんので」

「やけに天井が低くないか？」

「いえ、いつもの会長専用車です」

ならばこの圧迫感はなんなのだ。おまけに暗い。外はもう日が暮れている。電気をつけさせたが、それでも不安な気持ちが肺の中に充満していく。

ふと伊良部の言葉を思い出した。棺桶――。天井と左右のドアが急に迫ってきた気がした。

「うわわわっ」満雄は声を上げた。次の瞬間、全身が震えた。

「会長、どうなさいました」

答える余裕もなく、うずくまった。

「料亭まであと五分ほどですから、どうかご辛抱を」

歯を食いしばり、パニック障害の襲来に耐えた。なんてことだ。これで車にも乗れなくなってしまった。もはや自分は、出歩くのもままならないのか。

料亭に到着すると控え室に担ぎ込まれた。女将《おかみ》が何事かと驚いている。畳に横になり、体調が回復するのを待つ間、満雄は木下に大型観光バスの手配をするよう指示した。室内空間があれだけ広ければ大丈夫だろうと踏んだのだ。またマスコミをよろこばせることになるが、構っていられない。このままでは帰れないのだ。

ところが、さすがに当日手配は無理なようで、どこからも断られていた。

「会長、なんでしたら騎馬で家までお送りしますが」木下は疲れ果てた様子だった。

「マスコミを引き連れてか。ははは。それは名案だ」満雄も気力を失っていた。

藁《わら》にもすがる思いで伊良部に電話した。せめて薬で半分でも症状を抑えられればいい。

事情を説明すると、「簡単じゃん。オープンカーにすればいいんだよ」と、伊良部は明るく言った。

「うちにベントレーのコンバーチブルがあるけどね。おとうさんの車。今週はオーストラリアで接待ゴルフだから、自由に使えるよ。なんなら迎えにいってあげようか?」

「先生――」と満雄は呼んでいた。地獄で仏とはこのことか。今となっては、伊良部そのものが、自分にとっての精神安定剤だ。

二時間後、財界人との会合を終えると、玄関で秘書たちに馬を作らせた。サングラスをかけ、満雄が跨る。企業のトップたちが、口を半開きにして眺めていた。

「いや、噂には聞いてましたが……」適当な感想が見つからない様子である。

「ぼくも田辺会長に倣《なら》おうかなあ」誰かが冗談を言った。

「おう、倣ってくれ。みんなで三流マスコミなんか見下ろしてやってくれ」

もうヤケクソだった。世間では、《最近奇行が目立つナベマン》としてニュースになるのだろう。知ったことか。こっちは毎日が戦いなのだ。

門を出ると、マスコミが一斉にフラッシュを焚いた。早くも気が遠のきかける。霞《かす》む視界の中、すぐ先に白いオープンカーが幌を上げて停まっているのを見つけた。運転席には伊良部がいて手を振っている。騎馬で運ばれ、ドアを開けずに上から放り込まれた。伊良部がアクセルを踏み、車は急発進した。

「田辺さん、大丈夫？　薬飲む？」

「いや、なんとか持ちこたえられた」

「うしろからいっぱい追いかけてくるけど」

「おいしい絵柄だからだろう。連中は、別に聞くことなんかありゃしない。追いかけることが目的化してるんだ」

大通りに出ると、一台の大型セダンが並びかけてきた。後部座席の窓が開き、カメラのレンズが顔を覗かせる。伊良部が横を向き、笑ってピースサインをした。

「何をやっとるんだ」

「また新聞に載ると思ってさ」

満雄は脱力した。この男は何を考えているのか。

数台が追いつき、左右とうしろを囲まれる。ほかの車も走っているというのに、非常識にフラッシュを焚き始める輩《やから》もいた。

「まぶしいなー」伊良部が手で光を遮《さえぎ》ろうとする。その都度車が左右に蛇行した。

「貴様ら、いい加減にしろ！」満雄はマスコミに向かって大声を張り上げた。

「よおし、怒ったぞー」伊良部が急ハンドルを切り、フラッシュを焚く車に幅寄せした。驚いた黒塗りのセダンはタイヤを鳴らし、アスファルトの上で真横にスピンした。ガシャンという派手な音がして、後続の車が追突する。

「おい、何をするか」満雄は腰を浮かせた。「怪我人でも出たらどうする」

「自業自得だよ。自己責任じゃないの」

「それにしたって――」

「いいの、いいの。きっと保険に入ってるよ」

伊良部は一向に動じる様子がない。また数台が並びかけてきたところで、伊良部はアクセルを踏み込んだ。大きなベントレーが唸《うな》りを上げて疾走する。コーナーはタイヤを鳴らして駆け抜けた。

「ふっふっふ。四百馬力のターボエンジンについてこれるかな」

「おい、趣旨がちがっとりゃあせんか。家まで送ってくれるだけでいいんだぞ」満雄は助手席の取っ手にしがみついた。

「まだ来るな。よし、カーチェイスだ」伊良部が目を輝かせて言った。

「馬鹿、やめろ。やめてくれ」

あろうことか伊良部は車を首都高速に乗り入れた。車が一気に加速する。「いやっほー」伊良部が奇声を発した。こんな馬鹿は見たことがない。満雄は足をダッシュボードにかけ、踏ん張った。風が髪をはためかせる。七十八歳にもなって、こんな目に遭うとは——。

車はハイウェイを猛スピードで走った。細かなレーンチェンジで、車体が左右に揺れる。エンジン音が鼓膜を震わせる。

大都会の夜景が三百六十度のパノラマで流れていった。巨大なビル群が森のように建ち並び、幾万ものライトが空を包み込んでいる。まるでSF映画だな——。こんな場合なのに、満雄はぼんやりと思った。色とりどりのネオン。車の赤いテールランプ。ライトアップされたレインボーブリッジ。東京は、毎晩が光のパレードだ。

ふと我に返った。これは未来ではないだろうか——。昔想像した、科学の都市なのではないか——。

満雄は、十九歳で終戦を迎えた。東京は、何もない焼け野原だった。夜になれば、訪れるのは容赦のない闇だった。一高生だった満雄は、ここに新しい街をつくることを夢見た。これから国をつくるのは自分たちの世代だと、青雲の志に燃えた。新聞記者になったのは、社会に参加したかったからだ。政治家の不正を暴き、弱者を応援し、国の役に立とうと努めてきた。日本を世界の一等国にしたかった——。

まばゆい光が視界を駆け抜けていく中、走馬灯のように若き日々が蘇《よみがえ》ってきた。

池田勇人が所得倍増計画をぶち上げたとき、満雄は官邸でメモを取りながら興奮を抑えられなかった。東京オリンピックの開催が決まったときは、誘致活動に奔走した議員たちと祝杯を挙げた。高速道路ができたとき、新幹線が開通したとき、自分のことのようにうれしかった。満雄自身も家を建てた。庶民でも、普通にマイホームを持てるようになった。田中角栄の日本列島改造論には、訝りながらも、心のどこかで応援していた。日本中に道が通った。大きな橋が渡された。新宿に高層ビルが建ち始めた頃、聳《そび》え立つ鉄の骨組みを見上げながら、誇らしい気持ちでいっぱいだった。日本は本当に再生した。敗戦を完全に克服した。そう確信できた瞬間だった——。

それが、いつの頃からか、国の発展に高揚を覚えることがなくなった。昭和が終わると、「戦後」ということばすら消滅してしまった。現代はかつての想像をすでに超えている。焼け野原だった東京は、世界有数の摩天楼だ。国民は豊かになり、おいしいものを食べ、着飾っている。平和がどれほどありがたいものなのか、想像することもなくなった。だいいち自分がそうだ。戦争の記憶は消えないが、日々の平穏に感謝することはない。

「どうしたのよ、田辺さん。静かになっちゃって」運転席で伊良部が言った。

「いや、なんでもない。東京も変わったと思ってな」

「変なの。住んでるくせに」

「住んでたって追いつけるものか。まるで成長期の子供みたいじゃないか。ちょっと目を離すと見違える」

「二十一世紀だからね。一回りしたんじゃない？」

満雄はあらためて光の街を眺めた。そうか、二十一世紀か。すっかり忘れていた。若き日に夢見た未来は、とっくにやって来ているのだ。

「時代は変わるの」

まったくだ。年寄りの出る幕は、とうの昔に下りている。この街はどうだ。戦後とは別の種類の、新しいエネルギーに溢《あふ》れている。すべてが代替わりしたのだ。わかってる。わかってるがな――。

後方からパトカーのサイレンが聞こえた。

「あちゃー。ちょっとやり過ぎたかな。派手に飛ばしたからね」

「もういい。一般道に降りてくれ」

「まだマスコミが追いかけてきてるよ」

「いい。もう疲れた」

満雄は静かな気持ちになった。終わりにしてもいい。すべてのことを。

ライトアップされた東京タワーが見えた。長きにわたってガリバーだったはずの鉄塔が、高いビルに囲まれ、すっかり周囲に同化していた。時代が変わったのだ。

翌日、久し振りに新聞各紙を広げた。とくにスポーツ紙を読むのは五、六年振りぐらいだった。ニュースに関心がないのではなく、避けてきた。いきなり目に飛び込む自分の写真を恐れていたのだ。

歯に衣着《きぬ》せぬ発言で恰好のヒール役だった「ナベマン」は、もう十年以上、各社の紙面を賑わしてきた。満雄は最初からいやだった。六十を過ぎて写真を撮られるのを好む人間などいるわけがない。たとえ若く見えたとしても、過去の自分と比べれば、容貌の衰えは否定しようもない。人はいつだって若かった頃のイメージで生きている。現実を突きつけられるのは、いやなものだ。

《ナベマン、首都高暴走》

ため息をついた。追いかけてきた自分たちはどうなのか。

《ナベマン狂った、公道レース》

イエロー・ジャーナリズムはつくづく嫌いだと思った。

伊良部がピースサインをして写っていた。まったくおかしなやつだ。もっとも昨夜は、警察に搾《しぼ》られてしょげ返っていたが。

いよいよ自分の写真に視線を向けた。逃げずに、正視した。五秒、十秒、細部まで見つめた。一般紙の写真も見た。撮るなら撮れと胸を張ったスナップだ。五秒、十秒、顔が熱くなる。どこかに隠れたくなった。

ふん。老醜を晒《さら》しとるわけだ――。口の中でつぶやいた。もういい。二度と見ない。

新聞をくしゃくしゃに丸め、部屋の隅に放った。インターホンで木下を呼びつけた。

「おい、記者会見の用意をしてくれ。午後からやる。おれは本日付ですべての役職を降りる。大日本新聞も、東京グレート・パワーズも、すべてだ」

木下が青い顔になり、その場で立ち尽くした。「会長、そんな急に……役員会の承認を得ませんと」

「うるさい。もう決めた。おまえもご苦労さんだったな」椅子に大きくもたれかかり、木下を見た。社長時代から十五年にも及ぶ付き合いだ。「感謝してるよ。わがままばかり言ってすまなかった」

「会長……」白髪が混じり、すっかり中年になった秘書室長が言葉を詰まらせていた。

これで幕引きだ。あとは天に召されることを静かに待つだけだ。

まさか地獄ということはないよな——。自問して、満雄は一人苦笑した。


辞任会見には三百人を超える報道陣が集まった。フラッシュでパニックになったときに備え、伊良部を呼んだが、そんな心配はまるでなかった。平気なのだ。きっと伊良部の言うとおり、いつ死んでもいいと思えるようになったからだろう。

記者の質問は、表向きは辞めても院政を敷くつもりなのではないかという、下衆《げす》なものばかりだった。

「球団経営からはいっさい手を引く。社の方は、代表権のないただの相談役だ。個人の持ち株も大半を売却する。早い話が隠居だ。おれはもうなにもやらん」

「次期オーナーから相談を受けたら、アドバイスはなさるんですか？」

「相談役というのは本社の話で、しかも形だけの役職だ。パワーズには絡まないと言っておるだろう」

「コミッショナーやリーグ会長から相談があった場合は、応じますか」一人、しつこい記者が食い下がった。

「オーナーでもないおれにどうして相談が来るんだ」

「来た場合の話です」

「まったく疑り深い連中だな。おれは現場から離れるんだ。もう死んだと思ってくれていい。おお、そうだ。その証拠に生前葬をやってやる。あんたらも見に来い。それで満足だろう。ただし香典を持って来いよ」

勢いで、ついそんなことを言ってしまった。記者席が大きくざわめき、雛壇の袖では社の人間たちが目を丸くしていた。伊良部は大あくびをしている。「治っちゃったみたいね」会見後、呑気そうに言った。

なんなら棺桶に入ってみせてもいい。怖いものなど、もうないのだ。


生前葬には三千人を超える参列者と五百人近い報道陣が集まった。これでも絞ったのだ。参列希望者はあとを絶たず、独占中継を申し込んでくるテレビ局もあった。

葬儀場には前例がないと断られ、東京国際フォーラムの大ホールで執り行った。ステージに祭壇を設け、棺《ひつぎ》の横にソファを置き、そこに白装束の満雄が座り黙って見ているという趣向だ。元々の言い出しっぺが伊良部なので、主催者側の一員として呼んだ。

「おい伊良部君、マユミちゃんも連れてきてくれよ」

「オッケー」

看護婦はミニの黒いワンピースでやってきてくれた。

新聞で散々こき下ろした泉田首相本人が現れたのには驚いた。冗談が通じる男らしい。せっかくだから急遽弔辞を頼んだ。

「田辺さん、あなたはわたしが嫌いでした。自分を嫌う人間を好きになる道理はなく、わたしも、同じようにあなたが嫌いでした」

会場が笑いに包まれる。満雄も壇上で肩を揺すった。

「それなのに、田辺満雄という人物を失ったこの淋しさはなんなのでしょう。わたしだけではありません。社会全体が深く沈みこんでいます。それはまるで火山がひとつ日本列島から消えてしまったかのような、島がひとつ水没してしまったかのような、大きな喪失感の中にいます。傑出した人物とは、人の心に自然と棲《す》みついてしまうものなのかもしれません」

ふん。さすがに弁は立つようだ。みなが耳を傾けている。

「田辺さんと最初に会ったのは、わたしが議員一年生のときでした。大日本新聞の政治部長だった田辺さんは、まだ右も左もわからないわたしに、人懐《ひとなつ》こい目でこうおっしゃいました。

『おい、泉田君。政治家っていうのは記者にもてるやつが出世するんだ。取材に来た記者には、土産《みやげ》を持たしてやる。ちょっとしたネタでいい。あの人のそばにいると面白い話が聞けるとなれば、自然と人が集まるんだ。退屈な人間は人徳があってもだめだ。少々乱暴な発言はあってもいい。悪名は無名に勝《まさ》る。政治家はサービス精神なんだよな』と——。その伝でいくならば、田辺さんこそはサービス精神の塊だったのではないかと、今になれば強く思うわけであります。晩年は東京グレート・パワーズのオーナーとして、数々の乱暴な発言を提供してこられましたが、記者たちのよろこぶまいことか——。田辺さん、あなたはきっと人をよろこばせることが好きだったのでしょう。人のよろこぶ顔を見るのが好きだったのでしょう。田辺満雄はチャーミングな人でした。かけがえのない魅力を持つ人でした。あの世というものがあるなら、いつか再会して、立場を超えて政治の話を心行くまでしてみたいものだと、切望しています。そんな日が来るのを期待して、また会いましょう、と言わせてください」

盛大な拍手が湧き起こった。立ち上がって拍手する参列者もいる。泉田が満雄に向き直り、おどけて敬礼した。

満雄は仏頂面《ぶっちょうづら》で鼻の頭を掻いていた。

小癪《こしゃく》なことを——。でも心がすうっと軽くなった。こんなに晴れやかな気分は、いったいいつ以来だろう。

焼香と献花は数時間にわたり続いた。みんな、なかなか帰ろうとしなかった。

夜、秘書たちと労《ねぎら》いの会をして自宅マンションに戻ると、玄関先に記者が数人、たむろしていた。

「なんだおまえら。おれはもう死んだものと思えと言っただろう」車を降りるなり、満雄が語気強く言った。「いったい何のための生前葬だ」酔いに任せてステッキを振り上げる。

ところが、いつもと様子がちがった。記者たちは距離を置いたままだ。マイクもメモも手にしていない。そういえばフラッシュも焚かれていない。

「あのう……」一人の若い記者が、もじもじしながら話しかけてきた。「迷惑だとは思いますが、月に一、二度でいいですから、ぼくらと話をしていただけませんか？」

「あ？　何の話をだ」

「なんでもいいんです。政治のことでも、プロ野球のことでも」

「馬鹿言え。おれはもうコメントなんか出さんのだ」

「いえ。全部オフレコにします。約束します。ぼくら、若手だけで社の垣根を超えた勉強会をやっているんですが、ぜひとも田辺さんに講師になっていただきたいと……」

よく見れば、みな二十代から三十代の若者たちだった。中には孫ぐらいの歳の女子も混ざっている。

「調子のいいことを」わざと凄《すご》んで言い、にらみつけた。

「お願いします。政治家と遣り合ったり、私生活にまで食い込んで取材した人って、もう田辺さんが最後の世代かもしれないし」

「昔の新聞社のこととか、取材のこぼれ話とか、知りたいんです」

記者たちが口々に言い、全員で頭を下げた。

「テレビ局の人たちも田辺さんを狙ってるって情報を得て、あわてて来たんです。こういうのって早い者勝ちですよね」

女の記者がいたずらっぽく言う。

満雄は鼻をひとつすすった。ふん。何をうまいことを――。まあ、今時の若者にしては、礼儀をわきまえている方かもしれんが……。

「よし。立ち話もなんだから家に上がれ。貰いものの洋酒がたくさんあってな。一人じゃ飲みきれないから特別に飲ませてやる。お前らの安月給じゃ絶対に飲めない酒だぞ」

満雄が低く言った。記者たちが目を輝かせる。「わあ」と小さい声をあげ、小躍りする者もいた。

若者たちを従え玄関をくぐった。やれやれ、まだ暇になれんのか――。口の中でつぶやいたが、少しだけ頬がゆるんでいた。

アンポンマン

1

サイン会の行われる大型書店にハイヤーで乗りつけたら、入り口の外まで若者の行列ができていたので、安保《あんぽ》貴明《たかあき》は後部座席で満足げにほくそ笑んだ。窓には大きなポスターが張られ、《本日サイン会『稼いで悪いか！』著者・安保貴明先生来店》の文字が躍っていた。

「通用口に回りましょうか」という秘書の言葉に、「ここでいいんじゃない」と返し、運転手にドアを開けさせる。車を降りると行列の若者たちが貴明に気づき、どよめきと同時に「きゃあ」という黄色い声が周囲に響いた。

通行人が何事かと振り返る。遠慮のない大学生グループからは、「おっ、アンポンマンだ」の声が飛んだ。小太りの体型からつけられたあだ名を、学生時代は嫌っていたが、今となっては気にもならない。一種の屋号と思えばいい。

何人かが握手を求めて駆け寄ってきた。気前よく笑顔で応じてやる。あわてた書店員が群集の整理にあたり、店長とおぼしき男が揉み手をして現れた。

「安保先生、上の階に控え室をご用意させていただきましたが……」

「いい。時間の無駄。すぐに始めましょ」

「整理券がすべてはけたので、二百人ほどいるんですが……」

「平気、平気。一人十五秒で片付ければ二百人で三千秒。つまり五十分。中には、一緒に記念写真を撮ってくれなんてのが十人ぐらいはいるだろうから、それに三十秒ずつかけて五分。合計五十五分。予定は一時間だから、余った五分でアイスコーヒーでも飲もうかな」

余裕の態度で答え、サイン会場に案内させる。一階売り場奥のテーブルに腰を下ろし、あらためて視線を上げると、上気した顔の若者たちが目の前に列をなしていた。

これがテレビの力ってやつか――。心の中でつぶやいてみる。

一年前、自分を知っている人間は仕事と交友関係以外にはいなかった。億の金を稼ぎながら、若いこととネクタイをしていないせいで、軽く扱われることが多かった。

今では街を歩けば全員が振り返り、レストランでは最上の席に通される。本を書けばベストセラーだ。

「ただいまよりライブファスト社長、安保貴明先生の著書『稼いで悪いか!』の発売を記念してサイン会を行います」

書店員が大きな声を張り上げ、拍手が湧き起こった。一般の客も一目見ようと集まってくる。今の日本で貴明に興味を示さない人間は、おそらく一人としていないだろう。

見られることにはすっかり慣れた。そして少し快感でもある。いや、「少し」というのは正直ではない。かなりの、快感だ。

三十二歳の貴明は東大の学生時代、インターネットによるホームページ作成サービスの会社を設立した。籍は文学部にあったがパソコンはお手の物で、ビジネスのセンスにも長《た》けていた。アパートの一室でスタートした会社は、風船がふくらむように急成長し、信じられない額の金が転がり込んできた。成功は確信していたものの、ここまでとは思わなかった。分析の結果、要するに周囲がとろいのだという結論に達した。インターネットという打ち出の小槌《こづち》が目の前に落ちているのに、気づきもしないしあわせ者がたくさんいる。このとき貴明の目標は定まった。馬鹿がいるうちに稼ぐに限る――。

ライブファストは企業買収を重ねて成長を続け、早期に株を上場したことも手伝って、IT業界のみならず経済界全体からも注目を集める存在になった。本社は麻布にできた最先端の超高層ビルに移転し、住まいは誰もが憧れる麻布ヒルズの家賃二百万円の部屋に変わった。ベンチャーの旗手としてビジネス誌の表紙も飾った。貴明の起業家人生は順風満帆と言ってよかった。

その追い風がハリケーンになったのが、昨年のプロ野球チームの買収騒動だった。チーム数削減をもくろむオーナーたちに対して、貴明の会社が買収に名乗りを上げると、一躍プロ野球界の若き救世主として世間の脚光を浴びることとなった。連日メディアに登場し、アンポンマンのニックネームは子供まで知るようになった。とりわけ、「ナベマン」と呼ばれる名物オーナーから眼の敵《かたき》にされ、知名度は一気に上がった。マスコミが行列をなして意見を聞きに来る。あらゆる企業が儲け話を持ちかけてくる。オセロゲームで駒《こま》がパタパタと裏返るように、世の中の景色が一挙に変わった。セレブリティとはこんなにも気持ちのいいものなのか――。図らずも有頂天になった。

オーナーたちに嫌われたため、プロ野球界への参入は失敗に終わったが、カリスマ経営者として名声は残った。最近ではラジオ局の株買い付けで、連日記事の見出しになっている。嫌う人間もいるが、世の中は目立った者の勝ちである。

貴明は生まれついての目立ちたがり屋だ。刺激的な発言をして物議をかもすのが好きだ。そして物事を理屈で考えられない馬鹿が嫌いだ。

著書の扉にすらすらとサインペンを走らせる。サインの練習は小学生の頃からしていた。いつかそういう日が来ると信じていたからだ。

「すいません。何かひとこと書いてください」若い女にリクエストされた。顔を上げると、垢《あか》抜けないOL風だった。

「何かって？」

「何でもいいんです」

「そういうの、困るな。そっちで指定して。時間の無駄だから」

貴明がそっけなく答える。無駄な時間はもはや生理的に受け付けないのだ。

「じゃあ、『一期一会』で」

「はいはい」

リクエストされた言葉をサインの横に書こうとした。はたとペンを持つ手が止まる。「おい、イチゴイチエってどういう字だっけ」隣に立っている秘書の美由紀に聞いた。もう十年以上、ワープロばかりで手書きからは遠ざかっている。漢字が出てこないのは毎度のことだ。

「イッキイッカイです」美由紀が奇怪な答え方をした。

「ええい、てのひらに書け」貴明はそう命令して、秘書自身のてのひらにペンで書かせた。

「ああ、そうか。そうだったな」字を見て思い出す。

続いては茶髪の女子高生が前に座った。「えっとー、わたしは『まいちゃんへ』って書いてください」

「どんな字なの？」

「平仮名でいいです」

ペンを構え、書こうとしたところで頭の中が真っ白になった。まいちゃんの「ま」って——。

その場で体が固まる。

「社長、どうしたんですか？」美由紀が心配そうにのぞき込んだ。

「平仮名の『ま』ってどんなんだっけ？」

冗談と思ったのか、女子高生がケラケラと笑い出した。青ざめた美由紀がてのひらに「まいちゃんへ」と書いて示す。ああ、そうか。

ファンの名前を書きながら、貴明は不思議な空白感を味わっていた。脳の一部が痺《しび》れているような、そこに何も存在しないような――。

「すいませんが、書くのは安保のサインだけにさせてください」美由紀が書店員に申し入れた。同じ台詞《せりふ》を、今度は書店員が行列に向かって告げる。

あとは機械的に自分のサインを書いた。誰も読めないような、崩したサインだ。

一度行為に入ると集中できた。だから終わったのは予定より十五分も早かった。

会社に戻る車の中で、美由紀が意を決してという感じで口を開いた。

「社長、やっぱり一度病院に行っていただきます」

「またその話？　おれはなんともないって」

貴明が笑って手を振る。美由紀は先月からしばしば医者の診察を勧めていたのだ。

「でも、今日も平仮名が出てきませんでした」

「あれはたまたま。見たらすぐに思い出した」

「平仮名を忘れること自体が変なんです。この前はセミナーで壇上に立ったとき、『こんにちは』という挨拶が出てこなかったじゃないですか。『えー』と言ったきり、黙り込んで。見ていて冷や汗をかきました」

「ど忘れってのは誰にでもあるんじゃないの？」

軽く笑ってごまかそうとしたが、美由紀に怖い顔でにらまれた。

「それは人の名前とか主に固有名詞でしょう。湯呑みを見ながら、『これなんて呼ぶんだっけ』とか、ガムを嚙みながら、『おれ、今何食べてる？』とか、こう言っては失礼ですが、最近の社長は少し変です」

「でも業務に差し障りはないじゃん。計算ができなくなったとかなら大問題だろうけど」

「平仮名を忘れるだけで充分問題です」

「時間の無駄だと思うけどなぁ」

「とにかく、診ていただきます。そうでなければテレビ・ラジオの出演はすべてキャンセルします」

「えー、それはないよう」

貴明が子供のように拗《す》ねる。メディアに露出するのは、貴明のいちばんの息抜きなのだ。

「神経科か脳内外科かどちらかだと思うんですが、まずは手近な神経科に行ってみましょう。名のある総合病院を探しておきます」

「おれ、女医さんがいいかな。しかも若くて美人」

「男性医師にします」

美由紀がノートパソコンを膝の上に広げ、スケジュールを打ち込んでいった。この眺めは嫌いではない。三十二歳で美人秘書がいるのは、かつての同級生の中で貴明だけだ。自分は成功者なのだ。

若きＩＴ長者を乗せたハイヤーが、東京の街を走り抜けていく。

秘書が探してきたのは、日本医師会の理事が経営する老舗《しにせ》の「伊良部総合病院」だった。なんでも院長の息子が神経科医で、知己を得ておけばあとあと得らしい。

神経科がある地下に行くと、そこは薄暗く、すえたような臭いがした。おい、ここかよ。そうひとりごちてドアをノックする。中から「いらっしゃーい」という甲高い声が聞こえ、中に入るとよく太った中年の男がいた。名札には「医学博士・伊良部一郎」とある。もっとエリート面《づら》をした男を想像していたので、貴明は拍子抜けした。すかした跡取り息子なら、質問攻めにして言い負かしてやろうと思っていた。

「ちわ。安保と言います」まずは様子見で軽く頭を下げる。

「知ってる。アンポンタンだよね、ぐふふ」伊良部が薄気味悪く笑った。

「あのね、アンポンマン。冗談は時間の無駄ですから、さっさとやりましょう」

むっとしたが、感情を胸にしまった。最近では怒るのもエネルギーの無駄だと貴明は考えている。

「安保さん、お金持ちなんだってね。うちとどっちが金持ちかなあ」

伊良部がなれなれしく言った。何を言っているのか、この男。医者が金持ちだからといって実業家とは桁《けた》がちがうだろう。

「うちは別荘が三つあるけどね。軽井沢と葉山とハワイ」子供が持ち物自慢をするような顔を向ける。

「これ、診察の一環ですか？　だったら答えますけど」

「ううん。世間話」

「だったらやめましょうよ。時間の無駄だし。ちなみに不動産は一切持ってません。必要ないんだもん。麻布ヒルズに住んでればフロントサービスがあるし、リゾートに行けばホテルの方が便利だし。不動産所有にこだわるなんて、日本人のもっともナンセンスな部分でしょう」

「ちぇっ、つまんないなあ」口をとがらせ、ぶつぶつ言っていた。「時間の無駄っていうの、安保さんの口癖だね」

「だってそうだもん。ぼくがネクタイ締めないの、何でか知ってます？」

「首が太いから？」

「あのねえ」つい顔が熱くなってしまった。「先生の方が太いでしょう。ノーネクタイなのは無駄を省くため。ネクタイなんて機能ゼロなんだもん。発明したやつは馬鹿ですよ」

「ふうん。そういえばそうだね。シャツの襟も意味がないし」

「そうそう。だからぼくはTシャツ社長なんですよ」

　貴明がわが意を得たりとばかりにうなずく。経済界のお偉方の中には、貴明のラフな服装を非難する声もあった。馬鹿馬鹿しくて反論する気にもなれない。

「で、若年性アルツハイマーになったわけだ」

　伊良部がカルテを眺めながら、つまらなそうに言った。

「ちょっと待ってくださいよ。何が若年性アルツハイマーですか。そんなわけないでしょう」

貴明が手を左右に振り、あわてて否定した。「こっちは毎日、サエサエですよ。株式市場とにらめっこして、瞬時の判断で億の金を動かして、連日十人以上と面談して、そのすべての来訪者を憶えていて、銀座の女の子のローテーションだって間違えたことはないんですよ。そういうの、全部頭の中に入ってるわけ。アルツハイマーなら仕事できないでしょう」

「でも平仮名は忘れるんだよね」

伊良部がしつこく食いさがる。こいつ、頭悪そうだなあ。貴明は心の中でつぶやいた。

「ただのど忘れなんじゃないですか？　今のぼくの状況において、平仮名なんてどうでもいいことなんですよ。パソコンのパスワードを忘れたら大変だけど」

「挨拶の言葉もどうでもいいんだ」

「そうですよ。『ちわ』で充分。だって通じればいいんでしょ？」

「うーん」伊良部が腕を組んで唸《うな》っている。

同級生にも医者は多いが、たいていは理数系の偏差値が高かっただけという連中だった。ましてや神経科医などオペもできない落ちこぼれだ。貴明の中に臆《おく》する気持ちはまったくない。

「とりあえず注射打とうか？」伊良部がいきなり明るい声で言った。「おーい、マユミちゃん」

その声に診察室のカーテンが開く。ミニの白衣を着た肉感的な看護婦が注射器を載せたトレイを手に現れた。

「ええと……」貴明が呆気《あっけ》にとられる。その間にも注射台や消毒液が用意された。

「ぐふふ」伊良部が相好《そうごう》をくずし、身を乗り出した。

「ちょっと待った」貴明が手で制する。「これ、なんの注射ですか。ちゃんと説明してください」毅然《きぜん》とした口調で聞いた。

「いいの、いいの。ど忘れに効く注射があるんだから」

にやけた顔の伊良部が、お構いなく貴明の腕に手を伸ばす。

「だめですよ」貴明は腕をうしろに回した。「説明してください。インフォームド・コンセント。患者にどう治療するのか説明して了解を得るのが、いまや医学界の常識でしょう」

「可愛くないなー」伊良部が眉を寄せた。「黙って打たれる気、ない？」

「何を言ってるんですか。何の注射かちゃんと教えてください」

「いや、その……ただのブドウ糖注射なんだけど」

「それを打つ理由は？」

貴明が説明を求めると、伊良部が黙った。唇をとがらせ、いたずらを見咎《みとが》められた小学生のように上目遣いに貴明を見ている。

「先生。例の手を使ったらどうですかァ」横で看護婦がだるそうに言った。

例の手？　貴明が訝《いぶか》る。伊良部が看護婦を見て「うんうん」とうなずいた。

なんなのだ、この人たちは。戸惑っていると、看護婦が急に微笑んで身をかがめてきた。若い女のいい匂いが鼻先に漂う。「社長さん」ウインクされた。胸の谷間が目の前に迫り、視線が吸い寄せられる。

次の瞬間、左腕をつかまれた。

「ゲーット。あはは」伊良部が笑っている。貴明の腕が素早く注射台に縛り付けられた。

「ちょっと。何をするんですか」声を荒らげるものの、巨漢の伊良部に上から押さえつけられ、身動きが取れなかった。

「うそでしょ？　待ちなさいよ。こんなことしていいと思ってるんですか」

「うるさいなー。ＩＴ長者のくせして細かいこと言っちゃだめ。さあマユミちゃん、早く打っちゃって」

看護婦がＳＭ嬢のように冷たく笑い、舌なめずりした。針が皮膚に突き刺さる。「痛ててて」思わず情けない声を上げていた。おれは今、どこにいるのか……。

注射が終わると、看護婦が「先生。今の、残業手当三十時間分ですからね」とぞんざいに言った。

「えー。この前まで二十時間分だったじゃん」と伊良部。

「新しいギターのローンがあるから」と看護婦。

貴明は、懸命に今起きていることを把握しようとした。

「そういうわけで、安保さん、しばらく通院してね」

「そういうわけって……。先生、ひどいじゃないですか」やっとのことで貴明が声を発する。

「不必要な注射を打って、治療費を稼ごうって腹ですか」

「じゃあただでいいよ」

「そんないい加減な」

「細かいなー、安保さんは。神経科はいい加減でいいの。理屈に合わない病気の治療をしてるんだから」

貴明がしばし言葉に詰まる。「ええと、でも、それ、ちがうと思いますよ」

「どうちがうのよ」

「だってすべての病気には原因があるわけでしょう。神経疾患にしても、順路があってそこに到達しているわけだから、それを解析しない治療なんてあるわけがないでしょう」

「理屈っぽいなー」伊良部が迷惑そうな顔をした。「もう帰っていいよ」手をひらひらとさせる。

「診察はどうなったんですか」貴明は努めて冷静に抗議した。

「だから若年性アルツハイマーね。薬あげるから」

「ちがいます。理屈に合ってません。理屈で説明できないものにぼくは納得しません」

どっと疲れが出た。腕時計を見る。こんな馬鹿相手に二十分も無駄にしてしまった。さっさと帰った方が得策か。

「でもさあ、平仮名って理屈じゃないんじゃない?」伊良部が一人掛けソファで鼻をほじりながら言った。「だって『め』と『ぬ』の間にどういうロジックがあるのよ」

貴明は、立ち上がりかけて体が止まった。ええと、どう言い返せばいいのか。

「『わ』と『ね』のちがいについて五十字以内で述べよ、なんちゃって」

伊良部が目を細くして笑っている。また頭の中に余白が現れた。ええと、「ね」ってどんなんだっけ？

いかん、いかん。自分は忙しいのだ。このあとも分刻みのスケジュールだ。上着に袖《そで》を通し、ドアへと歩く。出しな、伊良部に「そこのクランケ、『ろ』と『る』のちがいについて述べよ」と追い討ちをかけられた。

いい加減にしなさいよ、と顔をしかめる。

けれど同時に、貴明はその両方の字が浮かばないことに呆然とした。

2

翌日は朝からテレビ局をはしごすることになった。貴明の会社が民放ラジオ局の買収に乗り出したことが、世間で物議をかもしていたからだ。そのラジオ局ニホン放送は、大手テレビ局エドテレビの筆頭株主で、ラジオ局を手に入れれば自動的にテレビ局の経営にも参画できるという旨味《うまみ》があった。インターネット事業を拡大する手立てとして、これほどおいしい話はない。

「安保さん。あなたはメディアを乗っ取ろうとしているわけですか」

放送記者あがりという初老の司会者は、最初から喧嘩腰だった。

「ちがいますよ。既存メディアとインターネットの合体により、互いの企業価値を高めようとしているだけですよ」

貴明は笑みを絶やさず穏やかに話した。いつものようにTシャツにジャケットというラフな服装だ。

「しかし、あなたは先日の記者会見で『支配』という言葉を使った。メディアは報道という使命と責任を課せられているんですよ。いわば国民の知る権利の僕《しもべ》でもある。それを一個人が自分の思い通りにできると思ったら大間違いだし、ぼくは一人のジャーナリストとして激しく憤《いきどお》りを感じる」

「はい、はい。そう興奮しないでください。確かに支配と言いましたが、あれは言葉の……えと、なんて言うんだっけ」

「言葉のあや？」

「そうそう、言葉のあや。だから、独裁しようなどとは思ってもいませんよ。ただ、どのテレビ局や新聞にもカラーというものはあるわけでしょ？　それに多少はバイアスをかけるかもしれませんけどね。たとえば、意味のないドキュメンタリーはやめてエンタメ路線を強化するとか」

「ぼくはそれが気に食わない。意味のないドキュメンタリーとはなんだ。地道な調査報道がこれまで権力者の腐敗を暴いてきたんじゃないか！」

司会者がテーブルをバンバンと叩いた。パフォーマンス半分とはいえ、貴明にはついていけないヒートぶりである。

「ですからね、それが旧態依然としたメディア観なわけですよ。マルチ化がすすんでいる中で、どうして地上波でそれをやる必要があるんですか。地上波がマスをつかみ、ネットで深いところへ案内する。そういう発想がどうしてできないんですか。ネットはニッチのニーズに応《こた》えられるきわめて有効な手段なんですよ」

「いいや、それは承服できない。メディアとインターネットはちがうんだ。インターネットは無責任だ。検証もされない情報を興味本位で垂れ流す害毒だ」

「ちょっと待ってくださいよ。害毒ってことはないでしょう」

貴明はうんざりした。この司会者はゲストを挑発することで有名なのだ。

「害毒じゃなきゃ何なんだ」

「それって、新聞テレビといった既存メディアの特権意識でしょう。ニュースは自分たちが大衆に与えるんだっていうエリートの驕《おご》りですよ」

「いいや、安保さん。それはちがう」眉間に深い皺を寄せた司会者が、口角泡を飛ばしている。

しまったなあ、出るんじゃなかった。バラエティーの方がよかったかも。貴明は胸の中でため息をついた。ここ数日は、時代遅れのシーラカンス相手に近代文明を説いて回っているようなものなのだ。

一通り議論が済んだところで、司会者からボードに貴明の言いたいことを書けと指示された。どうやらこの番組の恒例らしい。

ボードとサインペンを渡され、あらかじめ考えておいた言葉を書き記す。最後の一文字で手が止まった。ええと、どんな字だっけ……。パソコンのキーボードを思い浮かべ、入力する手つきをする。

生放送で時間もないので、仕方なく不完全のまま出した。

《時代は変わRU》

司会者が酢でも飲んだような顔をした。「……安保さん。なんですか、その最後のアールユーは」

「あ、これ？『時代は変わる』って書きたかったわけですね。ちょっと字が出てこなかったから。あはは」

「何を言ってるんですか。あなた、番組をおちょくってはいけないよ！」またテーブルをバンバン叩く。

「いやそんなつもりは……」

貴明はなだめようとしたが、激高するばかりで収拾がつかなくなった。視聴者はさぞやふざけた若者と思ったことだろう。しかし出てこないものは仕方がない。

番組が終了すると、司会者が急に打ち解けた態度で話しかけてきた。

「安保さんは冷静だね。ちっとも怒ってくれないんだもの」

「怒るなんてエネルギーの無駄じゃないですか」

貴明が悠然と答える。事実、ここ数年は声を荒らげたことすらない。そんなことで貴重なエネルギーを使いたくないのだ。

「エネルギーの無駄？　腹が立ったらどうするの？」

「抗議はしますよ。部下なら注意もするし。でも怒るっていうのは生産性ゼロだから」

「生産性ゼロと言ったって、腹が立つものは立つでしょう」

いいえ。犬に吠えられて怒りますか――？　そう言いたかったがやめておいた。相手を対等だと思わなければ、腹も立たないのである。

「安保さんの世代は徹底して合理的なんだろうなあ」司会者が遠い目をして言った。「パソコンがオモチャ代わりだったわけだし、デジタル思考が板についてるんだね」

貴明は黙って肩をすくめてみせた。アナログおやじのぼやきはいい加減聞き飽きた。世界はインターネットでとっくにひとつになっている。気づかない方がどうかしているのだ。


移動する車の中で、また美由紀に心配された。「社長、今日も平仮名が出てきませんでしたね」暗い顔でため息をついている。

「大丈夫だって。ちゃんと通じたじゃん」

「そういう問題じゃなくて……」

「そういう問題なの。白が黒と伝わったらエラーだけど、白が白と伝われば正解でしょう。だいたい平仮名なんてもの自体が曖昧《あいまい》なんだよなあ。知ってる？　西洋人が日本人をどこか侮《あなど》ってるのは、使っている文字が記号じゃないから。平仮名も漢字も、やつらに言わせると象形文字なわけ。つまり未《いま》だ合理化されていないと思ってるわけ」

「でもそれが国の文化なわけですから……」

「ナンセンス。グローバル化の逆を行っている。ところで次の予定は？」

「伊良部総合病院です」

「うそだろう？　おれ行かないよ」貴明が目を剝く。

「だめです。通院するように言われてますので」

生真面目な美由紀が、顔をこわばらせて言った。

「君はあの医者がどういう医者か知らないから――」

「お願いですから行ってください。神経科の治療は一朝一夕に効果が表れるものではないと、本に書いてありました」

美由紀が珍しく頑《かたく》なだった。

貴明は黙って口をすぼめた。ボス思いの秘書なので、むげにもできない。


「ぐふふふふ」

診察室を訪れるなり、伊良部は森にひそむ妖怪のような笑い声をあげた。早くも来たことを後悔する。

「見てたよ、今日のテレビ。わかっちゃったもんね、平仮名アルツハイマーの原因」

ソファから身を乗り出し、指の骨をポキポキと鳴らしていた。

「また勝手な病名をつけて」

貴明は顔をしかめ、とりあえずスツールに腰を下ろした。

「安保さん、平仮名が出てこないとき、指でパソコンのキーを叩く真似をしたでしょう」

「そうでしたっけ？　いちいち憶えてませんけど」

「やったの、テーブルの上をチョンチョンと」伊良部が身振りで示す。

「それがどうかしたんですか？」

「パソコンのやりすぎで、平仮名がローマ字入力になっちゃってるんだな。『る』という字だと、ＲＵとキーを打たないと文字が出てこないわけ。ぐふふ」

「先生。なんか、うれしそうですね。で？　だったらどうだっていうんですか？」

貴明は顎《あご》をひょいと突き出した。伊良部が、手柄を褒めてもらえなかった小学生のような顔をする。

「可愛くないなー。少しは驚いてよ。これは一種の障害なんだから」

「障害ったって、読めるし話せるし、さして問題はないでしょう」

「大ありだよ。平仮名が書けないなんて」

貴明はひとつしわぶくと、目の前の太った医師に理屈を説明した。

「先生。いいですか？　いずれ筆記なんてものは衰退するわけですよ。いまやビジネス文書はすべてがワープロだし、社内の事務書類にいたってはすべてパソコンの画面上で処理してますよ。つまり、書けないことはデメリットですらなくなるんです。ぼくは予言しますけど、漢字の書き取りテストなんてものは十年以内になくなりますね」

「じゃあ、安保さんは少しもあわててないと」

「そうです。クレジットカードのサインさえできればいい」

伊良部は不服そうな顔で、「可愛くない患者だなー」とぶつぶつつぶやきながらボールペンで頭を掻《か》いていた。

「でもさあ、それから派生して、物の名前を忘れたり、挨拶の言葉が出てこなかったりもするわけでしょ？」

「それも瑣末《さまつ》なことですよ。仮にその聴診器という名前をど忘れしたとして、ぼくになんの不利益があるというんですか。挨拶にしても、刺身のつまみたいなものでしょう。用件とはなんら関係がない」

「うーん」伊良部が腕組みをして唸った。「要するに、安保さんの中では、脳内合理化が進んでるわけなんだ」

「そうそう。無駄は省きましょ、ということですよ。ああ、言っておきますけど、何が楽しくて生きてるのか、とか、本当の豊かさは無駄の中にある、とか、そういう手垢のついた人生訓を垂れるのはやめましょうね」

伊良部が黙っている。

「ぼくは充分毎日を楽しんでるし、刺激的だし、一般庶民のみなさんには大変申し訳ないけど大金を稼いでいるし……」

口をとがらせ、下を向いていた。

「じゃあ、そういうことで。もう通院の必要もありませんね？」

伊良部が顔を上げる。「注射は？」

「それも必要ありません」

伊良部は指でソファの肘掛をなぞりながら、「腹立つなー」と元気なくひとりごとを言った。馬鹿を言い負かすのは気分がいい。貴明はほくそ笑んだ。いっそ病院を買収して医学界にも合理化の波を起こしてやりたいものだ。

そのときカーテンが開き、前回と同じ看護婦が姿を現した。確かマユミとかいう名前だ。マユミは左手に注射器、右手に金ダライという奇妙な組み合わせで歩み寄ってきた。そしていきなり、ものも言わず、金ダライで貴明の頭をひっぱたいた。カンという甲高い音が響き渡る。

「な、何をするんだ」貴明の声が裏返った。突然のことで、それ以上は言葉が出てこない。

「先生。こういう生意気なクランケをのさばらせていいんですか」マユミがだるそうに言った。

「さっさと打っちゃいましょうよ」注射器を右手に持ち替えている。

「うん、そうだね。やっちゃおうか」

マユミに促され、伊良部が立ち上がる。首を左右に曲げ、目を見開いてニッと笑うと、貴明の腕をつかんだ。

「ぐふふ。そういうことだから」

「ちょ、ちょ、ちょっと」

「まあ、まあ。落ち着いて」

「何が落ち着いてですか。乱暴したら訴えますからね。そうでなくてもブログで公表しますよ。

インターネットでたちどころに知れ渡って、この病院はおしまいですよ」

貴明は懸命にあとずさりした。しかし伊良部に腕を抱え込まれ、びくともしない。

「あのね、少し強引だけど、精神医学にはこういう治療もあるの」

「あるわけないでしょう」

「ううん、あるの」伊良部が紅潮した顔で言い張る。

マユミが口の端だけで微笑み、注射器を近づけてきた。

「悪いけど、ここの神経科、注射手当がつくのよね。わたし、最近バンド始めて物入りだから」

消毒液を塗られ、針が刺さる。「痛ててて」貴明は顔をゆがめた。その間にも、ついマユミの胸の谷間を見てしまう。

「はい、ごくろうさま」マユミに叩かれた頭を撫でられた。形のいいヒップを揺らしてカーテンの奥に消えていく。ええと、自分は何を言うべきなのか……。

「一応、今のは圧迫療法って言うのね。近年医学界で流行《はや》ってるの」伊良部が澄まし顔でとってつけたように言った。

「何が圧迫療法ですか。そんなの聞いたことないですよ」貴明が色をなして抗議する。

「就職面接でもあるでしょ、圧迫して反応を見るというのが。あれと一緒」

「それがどうして金ダライと注射なんですか」

「不条理な目に遭わせるのが目的なんだもん、理に適《かな》ってるじゃん」伊良部がソファにふんぞり返り、満足そうにしていた。

言い返したいのに言葉が出てこない。なんということだ、こんな馬鹿医者相手に。

「でもさあ、ぼくが思うに、安保さん、人の下で働いたことがないから、余計に脳内合理化が進んじゃったんだろうね」と伊良部。

「どういうことですか」

「普通、会社に就職すれば馬鹿な上司が必ずいるじゃない。でも上司だから言うことを聞かなきゃならないし、理不尽な指示にも従わなければならない。安保さんはそういうのを経験しないで来ちゃったんだよ」

「いいことじゃないですか。無駄な時間が省けて」

「迂回《うかい》しないで成功したから、思考がダイレクト過ぎるの。車で言うならハンドルに遊びがないレーシングカーってやつかな」

「あのね、いい加減な理屈をつけないでください」

貴明はてのひらで顔をこすった。忙しいのにとんだ寄り道だ。

「レーシングカーで公道を走るのは危険だよ。性能、落としたら？」

その言葉に、貴明は顔を上げた。そのたとえは腑《ふ》に落ちるところもある。周りが遅すぎて、却って疲れるのだ。

「じゃあ、また来てね」

伊良部に言われ、「はい」と返事してしまう。

金ダライで叩かれながら、どうして言いなりになってしまうのか。
なにやら頭の中に、無駄な虫でも入り込んだような気がした。

3

貴明の仕掛けたラジオ局の株の買い付けは、連日報道が繰り広げられる騒動に発展した。ニホン放送が対抗策として新株予約権を発行し、ライブファストの持ち株比率を下げようと企《くわだ》てたのだ。これは明らかに商法違反であった。商法は、支配権の維持や争奪目的のための新株発行を禁じている。

まったくもってこの国の経済界は――。貴明は、予想の範囲内であるとはいえ、大きく失望した。旧《ふる》いパラダイムに生きる彼らは、経営者が株主から経営を任されている存在に過ぎないということを、基本的にわかっていない。当然、東京地裁に差し止めの仮処分申請をした。おかげで貴明のテレビ局巡りは、スケジュールの大半を占めるようになった。

「安保さん、あなたは新株予約権の発行を非難するけれど、そもそも時間外取引で奇襲を仕掛けたのはあなたでしょう」

例の激高司会者が、また貴明を挑発してきた。秘書が決めるとはいえ、こんな番組に出る自分も情けなくなってくる。

「あれはべつに新しい手法でもなんでもないんですよ。ただやる勇気のある人間がこの国にいなかっただけ」

貴明は面倒臭いと思いつつ、それでも丁寧に答えた。

「法的に問題がなければ何をやってもいいと言うんですか」

「だってアメリカなんかでは、そういう企業買収が常識なんですよ。どうして日本だけが免れられるというんですか」

「ここはアメリカではない、日本だ！」

司会者がいつものようにテーブルをバンバンと叩く。

「あのですね、ぼくは何度も言ってるじゃないですか。インターネットで世界はとっくにひとつになってるって。じゃあ外資にやられてもいいんですか？　株の持ち合いなんて、日本企業のもっとも悪い慣習ですよ。株主主義が広まると、無能な経営者が用なしになる、みなさんはそれが怖いんじゃないですか？」

「あなたは財界の先輩たちを無能者呼ばわりするのか」

つばきがこちらまで飛んできた。

「いや、そんなこと言ってないでしょう」

「言ったも同然だ！」

テーブルが連打される。司会者の激高パフォーマンスは、どんどんエスカレートするばかりだった。

番組の途中、視聴者からのファックスを紹介するコーナーがあり、貴明の行動に対して、支持派と反対派の意見が読み上げられた。支持派は若者、反対派は中高年と、くっきり分かれた。

「安保さんはこの結果をどう見ますか」

「ま、こんなもんでしょうね。未来ある人はぼくに期待をするし、黄昏《たそがれ》どきの人は変化を恐れるし」

要するに、コツコツやってきたサラリーマンにとって、才覚ひとつでのし上がった若者は腹立たしいだけなのだ。

「黄昏どきの人とはなんだ！」司会者がまた怒り出した。

そして恒例のボードにひとことである。今回は「世間に言いたいこと」とリクエストされたので、そういう趣旨で文句を考えた。

サインペンを手に、文字を書いていく。例によってつかえたが、もう開き直ることにした。

《騒ＧＩ杉》

司会者が眉をひそめる。「なんですかそれは」

「騒ぎ過ぎなんですよ、みなさんは」貴明は少し顔を赤くして答えた。

「あんた、おふざけも度が過ぎる。そういう人をおちょくった態度が世間の反感を買うんだよ」

テーブルが和太鼓のように鳴り響いた。

車の中で美由紀はますます暗い顔になった。

「社長、本当にどうしたんですか。漢字は出てくるのに平仮名は全滅じゃないですか」

「全滅ってことはないだろう。半分は書けると思うよ」

「半分なんて異常です。おまけにどうして平然としていられるのか、そっちも不思議です」

「心配性だなあ。大勢に影響ないって」

「漢字を忘れるならともかく、平仮名を忘れるなんて……」隣でぶつぶつ言っている。

「あのね、漢字にはそれぞれ意味があるわけ。美由紀の『美』にしても、それ自体で意味を持つから、おれは価値を認めるわけ。でも平仮名の『み』なんて何の意味もないじゃない。ＭＩで通じればそれで充分じゃん」

「それより、今日も伊良部先生のところに行ってもらいます」

美由紀がパソコンを開き、スケジュール調整をしていた。

「いやだよ。あの医者、あきらかに変だぜ」

「先生と電話でお話ししたんですが、いやがっても連れてくるようにとのことですから」

あの馬鹿医者――。伊良部の顔が浮かんだ。ゆさゆさと揺れる顎の贅肉も。

「とにかく行ってもらいます」

貴明は黙ってため息をついた。

「社長、いい話もあります。アクセスランキングで、我がライブファストが七位に入りました」

「おお、とうとうベストテン入りか」

「アクセスが増えたせいで、サイトの表示が遅くなっています」

「よし、ネットワーク環境を増強させよう。すぐに手配してくれ」貴明は小さくガッツポーズをした。「五年以内にヤフーを抜いてやるぞ」口の中でつぶやく。

どれだけ叩かれようが、やはりメディアは出たもの勝ちだ。CM料に換算すれば、数十億はくだらないだろう。その点でも、やはり既存メディアを手中に収めたい。貴明の願いは、ライブファストを世界一の企業体にすることだ。


「ぐふふふふ」

診察室に行くと、またしても伊良部が気味悪く笑い、おいでおいでと指をくねくねさせた。

「今日もテレビ、見てたんだもんね。安保さん、『騒ぎ過ぎ』の『過ぎ』を木の杉の字で書いてたでしょう」

この暇人が、ほかに患者はいないのか。貴明は侮る気持ちを抑え、スツールに腰掛けた。

「あれは咄嗟《とっさ》に浮かんだのがあの字だったから。べつに木の杉でなくても、代わりの字があればそれでもよかったんですよ」

「あれ、要するに変換ミスなんだよね」伊良部が舌なめずりして言った。

「変換ミス？」

「そう。安保さん、平仮名が出てこないと、パソコンのキーを頭の中で叩くわけでしょ？　今日の場合だとＳＵＧＩって。それが間違って木の杉の字で出ちゃった」

「はあ、なるほど」

貴明は肩をすくめた。言われてみれば、そんな気もする。

「はあなるほどって、それでいいわけ？」

「まずいですか？」

「つまんないなー」伊良部が鼻に皺《しわ》を寄せた。「少しは焦《あせ》るとかしないわけ？」

「焦りませんよ。それで勝ち負けが決まるでもなし」

「じゃあ、とりあえず注射ね。おーい、マユミちゃん」

「またですか？」貴明が顔をしかめる。

奥のカーテンが開いて、金ダライと注射器を手にしたマユミが現れた。今日はいっそう不機嫌に見える。

「わかりました。打たれますよ。ブドウ糖注射でしょ？」

もう叩かれるのはいやなので従うことにした。その代わり、胸の谷間を遠慮なく鑑賞する。

「マユミちゃん、ぼくの秘書にならない？」貴明がおどけて言うと、金ダライでコンと頭を小突かれた。ここまでぞんざいに扱われたのはかれこれ十年振りだ。

「ねえ安保さん、これから裏の幼稚園に行ってみようか」伊良部が言った。

「幼稚園？　何のために？」

「平仮名のお勉強」

「ご冗談を。どうしていまさら幼稚園なんかで――」

「行こうよー。うちが経営している幼稚園なんだけど、先生たちに今度アンポンマン連れてくるって約束しちゃったんだよね。安保さん、いまや人気者だから」

伊良部がなれなれしく腕を揺すった。

「いやですよ。だいいちぼくは忙しいんですよ」

「ちょっとだけ。ね、ね」

無理矢理立たされ、診察室から引っ張り出された。どうして自分はこの男のペースにはまってしまうのか。


「アンパンマンじゃないー」

病院の裏手にある「私立伊良部幼稚園」に行くと、園児たちに取り囲まれ、開口一番言われた。

「しっ、しっ。この人はアンポンマン。子供はあっちに行け」

伊良部が大人気なく園児を追い払い、貴明を教室へと連れて行く。若い女の先生たちが「きゃあ」と声を上げ、まるで映画スターの訪問を受けたかのように顔を紅潮させていた。

「あ、どうも」貴明が軽く会釈する。騒がれることに慣れたとはいえ、有名になってよかったと思う瞬間だ。最近では芸能人や女子アナとの合コンも日常になっている。一般の若い女など、誰でも手に入りそうな気がする。

「ほらー、ほんとでしょ？　約束どおり、春の予防注射は神経科が担当するからね。ぐふふ」

伊良部が満足そうに胸をそらせていた。貴明は脱力した。自分は何かの賭けに利用されたらしい。

その間にも園児たちがまとわりついてくる。思いのほか可愛かった。三十二歳の自分には、これくらいの子供がいても不思議はない。せっかくなので授業をのぞかせてもらうことにした。

折りしも平仮名の勉強をしていた。「それじゃあ、みかんと書ける人」

「はーい」園児たちが元気よく手を挙げる。指名された男児が前に出て黒板に書くと、それはミミズののたくったような字だった。しかも「ん」は左右逆だ。

「子供って、いくつぐらいで平仮名の読み書きを覚えるんですか？」伊良部に聞いた。

「平均すれば五歳ぐらいなんじゃないの」

そうか、人間とは、それまでは文字も書けない生き物なのか。

「それでは次、ごはんと書ける人」

「はーい、先生」隣で伊良部が手を挙げた。「この人に書かせてみて」貴明を指差している。

「この人、今、平仮名アルツハイマーの治療中なの」

「誰がアルツハイマーじゃ」貴明はつい声を荒らげてしまった。

「じゃあ書いてみてよ」と伊良部。園児たちも「書いて、書いて」と囃《はや》し立てた。

顔が熱くなった。クールと言われる自分がなんでこうなるのか。

あとに引けなくなり、黒板の前でチョークを手にした。ええと、「は」ってどんなんだっけ。どうも丸が入っている平仮名があやふやになっているようだ。ええい、ナムサン。

《ごすん》

「ちがいまーす」「ちがいまーす」

園児たちが大よろこびした。「大人なのにわかんねーの」そんな声も飛んだ。貴明の全身から汗がどっと噴き出す。先生が頬をひきつらせ、園児たちをたしなめた。

こうなると園児たちも遠慮がなくなった。同レベルの仲間だと思ったのか、「ばーか、ばーか」と舌を出す子供までいる。偏差値七十オーバーのこのおれ様を、馬鹿だと？

続いてアンパンマン・カルタで遊ぶ時間が始まった。教室の床にカルタを広げ、先生が読み上げた句の、頭の平仮名を探して奪い合うゲームだ。

「おめーもやれよ」くそ生意気なガキが一人いて、貴明の背中をつついてきた。

「いや、おじさんは大人だから」なんとか平静を保とうとする。

「負けるのが怖いから逃げてやがんの」

頬がひくひくと痙攣《けいれん》した。子供が天使だなんてうそだ。半分は悪魔だ。

またしても引けなくなり、輪の中に加わった。どういうつもりか伊良部も入っている。先生が句を読み上げた。

「せいぎのみかたアンパンマン」

園児たちが一斉に身を乗り出す。「せ、せ、せ」声に出して探す。

「あったー」一人の女児がすばやくカルタを拾い上げた。「わーい」無邪気によろこんでいる。

貴明は拍手をするものの、内心穏やかではなかった。読む方なら問題ないはずなのに、文脈とは関係なく単独で「せ」という文字を突きつけられると、判読に時間を要してしまうのだ。

「みんなでブランコたのしいな」

「み、み、み」

「みっけ」大きな手が伸びた。伊良部が取ったのだ。得意げに胸を張っている。

「ぼく、一枚。安保さん、ゼロ枚」うれしそうにカードをひらひらさせた。「ねえねえ、負けた方が自社株を譲渡するっていうのは？」

じんわりと頭に血が昇る。同じ株でも、あんたの病院とライブファストじゃ価値がちがうだろう。

「いじめるわるいこはだあれ？」

「い、い、い」

何人かの手が同時に伸びる。伊良部が一瞬早かった。「やっほー。またゲット」

「先生、伊良部おじさんが、今わたしを押しました」女児が伊良部の妨害を訴えた。

「押してないよ」伊良部が真顔で抗弁する。こいつ、大人？

それより、なんでおれはこんなところにいるのか。世間を揺るがすベンチャー企業家のこのおれが――。

結局、カルタで貴明は一枚も取ることができなかった。

「やーい、やーい」数人の園児たちにからかわれる。「大人のくせして一枚も取れねえでやんの」生意気なガキに頭をつつかれた。にこやかにしていたいのに、頬のあちこちがひきつる。

「おじさん、可哀相だから一枚あげるね」同情した女児がカルタを一枚差し出した。それを見た伊良部が、「いいの、いいの。負けた人はいいの」と止める。

貴明は顔をこわばらせ、立ち上がった。

「なによ、もう帰るの？」と伊良部。

「当たり前でしょう。こっちは忙しいんです」怒りで声が震えていた。

園児を蹴散らし教室を出る。なあにがアンパンマン・カルタだ。そんなものに負けてもちっとも悔しくないぞ。こっちは今をときめく億万長者なのだ。今の日本でいちばんの勝ち組だ。麻布ヒルズにだって住んでいるのだ——。

園庭を突っ切りずんずんと歩いた。久し振りに怒ったので、昇った血がなかなか降りてきてくれなかった。

4

ニホン放送の株取引を巡るライブファスト包囲網は、国会をも巻き込むまでになった。保守派の政治家たちが、貴明を非難し始めたのだ。「テストで点を取ればいいという現代教育が生んだ若者」という感情的な意見まで飛び出した。ルールに則《のっと》ってやっているのに、どうしてそこまで言われなくてはならないのか。

さらには系列のエドテレビが株式公開買い付けを行い、安定株主である既存の大手企業がそれに応じていた。ライブファストに経営参画させないためだ。エドテレビはすでにニホン放送株の三分の一を有していて、商法により、貴明が経営に関する重要事項を決定することは難しくなっていた。

貴明は、いまさらながらこの国の古い体質を思い知った。要するに日本の経済界は「一見《いちげん》さんお断り」なのだ。去年のプロ野球参入のときも、オーナーたちから「知らない会社は困る」と門を閉ざされた。日本人は自由競争が嫌いなのだ。

ここまで逆風が吹くとは、正直考えていなかった。旧勢力は、巨大な岩に張り付いて離れない藤壺のようだ。

さすがに貴明も強気一辺倒ではいられなくなった。幹部と連日善後策を練り、最悪のケースも想定するようになった。もっとも裸一貫で始めた事業だ。三十二歳ですべてを失ったとしても、何も怖いものはない。

「社長、何をしてるんですか？」

社長室に来た美由紀が、机のノートをのぞき込んだ。

「アンパンマンのひらがな練習帳」

貴明が乾いた口調で答える。美由紀は二の句が継げないでいた。

「平仮名は時代の遺物だね。五十種類もありながら発音をカバーしきれていないんだもん。英語のRなんか正しく書き表せないじゃない。おまけに『ん』って何よ。人をなめてるんじゃないの？」

薄い下書きに沿って、平仮名を鉛筆で書き込んでいった。

「社長、大丈夫ですよね」美由紀が恐る恐る言う。

「大丈夫ですよ。今日も伊良部幼稚園に行くからね。リベンジしてやる」

「幼稚園？」

「ああ、もとい、伊良部総合病院。あのやぶ医者め。園児もろともやっつけてやる」

美由紀が眉間に皺を寄せていた。

「あのう、今日は裁判所の決定が出る日なので、弁護士の先生がいらしてますが」

「ああそうか、じゃあ通して」

社長室の応接セットで、若手弁護士と向かい合った。

「どうなの？　新株予約権発行の差し止め仮処分申請、こっちは勝てそう？」

貴明が聞く。弁護士は厳しい表情で「五分五分です」と答えた。

「法律上は明らかに向こうが違法ですが、一般的に裁判官は保守的ですから。それに総務省が電波法の改正に動き出したことも、微妙に影響するかもしれません」

「あ、そう。まさか法の改正にまで発展するとはね。でもさあ、これを棄却したら、日本は経営者天国ってことになるよ。国際的立場というものを考えないのかね」

「ですから我々もその点は強くアピールしておきました」

「万が一、こっちが負けたら？」

「株主として損害賠償訴訟を起こしましょう。最高裁までやる価値はあります」

負けるかな——。貴明は案外冷静に思った。自分はきっと二十年早く生まれてしまったのだ。

弁護士との協議が終わると、また美由紀がやって来た。

「マスコミが大挙して押しかけてます。会見場を設けて、そこで司法判断後の第一声を聞かせて欲しいとの申し入れなんですが」

「伊良部先生のところの予定は？」

「もちろんキャンセルします」

「だめだって。おれは行くよ。治療の方が大事だもん」

戸惑う美由紀を尻目に車の用意をさせた。マスコミの相手はもう飽きた。有名にしてくれてありがとう、今言いたいのはそれだけだ。


伊良部総合病院に出向き、伊良部と連れ立って裏の幼稚園に行くと、報道陣が先回りしてカメラを構えていた。

「安保さん、幼稚園でいったい何をなさるんですか？」「もしかしてお子さんがいらっしゃるんですか？」矢継ぎ早に質問が飛ぶ。

「今度、幼稚園経営を考えてるんですよ。その視察。あはは」

そんなうそをついて煙に巻く。隣の伊良部はマスコミに向かってピースサインをしていた。

「おい、あいつ、ナベマンのときの……」「またあの医者かよ」そんな声が記者たちから聞こえた。うん？　伊良部は有名な医師なのだろうか。

園内に入り、貴明が明るい声を発した。

「はーい、アンポンマンですよー。また一緒に遊ぼうねー」

たちまち園児たちに取り囲まれる。甘いミルクの匂いが鼻をついた。案外自分は子供好きなのかもしれない。

「おめー、ひらがな覚えたかよー」生意気なガキが足を蹴ったので、先生の見えないところで鼻をつまんで強くひねってやった。「びえーん」小気味よく泣いている。

暇なのかマユミも遊びに来た。マユミは子供相手でも無愛想だった。スカートをめくった男児をつかまえて、ジャイアントスイングをする大人気なさだ。ただしこれが大うけで、「ぼくも、ぼくも」と行列ができるはめになった。

「はーい、みなさん。アンパンマン・カルタのお時間ですよー」

先生が手を叩いて園児を集めた。教室の床にカルタを広げ、みんなで輪になる。貴明と伊良部もその中に加わった。

まずは手近な場所にあるカルタを覚えることにした。「あ」「と」「な」「き」よし、今日はちゃんと見えている。学習の成果だ。

先生が句を読み上げた。

「むしよりきらいなバイキンマン」

む、む、む。自分がもっとも苦手な丸の入った文字だ。貴明は身を乗り出し、カルタを凝視した。あった——。考えるより先に手が伸びる。

「はいっ」黄色い声を上げたのは三つ編みの女児だった。「わーい。取った、取った」

一瞬の差で貴明が負けたのである。まあいい、始まったばかりだ。

「よいこはほどうをあるきます」

よ、よ、よ。一斉に手が伸びる。今度は伊良部が取った。

「ぼく、一枚。安保さん、ゼロ枚。ぐふふ」歯茎を出して笑っている。

貴明は頭に血が昇りかけ、いかん、いかん、と自分に言い聞かせた。一度目を閉じ、深呼吸する。今日はちゃんと勉強してきたのだ。子供の頃から、そうやって取れる点はすべて取ってきた。敗北したことは一度としてない。

「たのしいな　おやつのじかん」

た、た、た。あった――。カメレオンの舌のように腕を伸ばし、カルタをつかみ取る。貴明はやっと一枚取った。

「すごい、すごい」先生に褒められる。不覚にも感慨が湧いてきた。

「あしたはきっといいてんき」

あ、あ、あ。これもいただき――。貴明が素早く射止めた。これで二枚連続だ。

「おんなのこにはやさしくね」

お、お、お。また貴明が取った。ますます集中力が高まった。

そうやって五枚連続でカルタを取る。伊良部と目が合った。顔を赤くして屈辱に耐えていた。

「わっはっは。おたくの病院、買収してやろうか」貴明は高笑いした。園児たちが恨めしそうな顔で貴明を見ている。

「ぼくたち、覚えておきなさい。世の中は弱肉強食なんだからね」ついでに説教してやった。

そのとき後頭部に衝撃が走った。ガンという音が鼓膜をふるわせる。振り返ると、金ダライを手にしたマユミが怖い顔で仁王立ちしていた。金ダライ？　どこから持ってきたのよ。目から火花が出た。

「社長、あんた大人でしょう。幼稚園児相手に何やってるのよ」

マユミが腰をかがめ、耳元で凄《すご》むように言った。

「だって、おたくのボスらって……」突然のことで舌が回らない。

「あれは馬鹿。言っても聞かない」

「でも前回、おれ負けてるし……」

「それにしたって程度があるでしょう。一人で勝ってると遊び相手がいなくなるよ」

もう一度コンとやられた。丸いヒップを揺らして去っていく。園児たちが「あはは」と笑い出す。どうしておれが毎度こんな目に遭わなくてはならないのか。

「まいあさ　はみがき　わすれない」

動揺して目の焦点が定まらない。その間に誰かに持っていかれた。

次も持っていかれた。その次も。

園児たちがまた元気になった。教室にきゃあきゃあという歓声がこだまする。その笑顔を見ていたら、だんだん我に帰ってきた。

一人で勝っているとまわりが遊び相手がいなくなる――か。マユミの言葉を胸の中で反芻《はんすう》した。貴明の肩から力が抜けた。軽く息を吐いてみる。

確かに一理あると思った。自分は根っからの勝ちたがりだ。負けることが死ぬほど嫌いだ。そのせいで、学生時代の友人はきれいにいなくなった。友と分かち合うということをしてこなかった。交友があるのは金持ちと有名人ばかりだ。一般人との付き合い方は、とっくに忘れてしまった。ここ十年の物差しは、メリットがあるかないかだった。それが合理的であるかどうかだった。

カルタは続いている。

「先生、伊良部のおじさんが横取りしました」女児が不正を訴えた。

「してないよー」伊良部がむきになって抗弁する。

喧嘩になりそうなので貴明が割って入った。あんた、いったい何者よ――。

そのとき教室の窓が開いた。見上げると美由紀が青白い顔で立っていた。

「社長、裁判所の判断がついさっき出ました」震える声で言った。

「あ、そう。それで？」

「差し止め処分がくだりました。ライブファストの訴えが認められました」

貴明は耳を疑った。「うそ」思わず腰を浮かせていた。

「わたしたちの主張が通りました」美由紀は涙ぐんでいた。

「よっしゃー！」

貴明は立ち上がり、ガッツポーズをした。

負けると思っていた。どうせ年寄りたちで若者を弾き出すのだろうと思っていた。この国の司法も捨てたものではない。法の精神は、支配者たちの談合を認めていない。

「社長、門のところにマスコミが待機してます」

「わかった、すぐに行く」

急いで教室を出ようとすると、一人の女児に声をかけられた。

「アンポンマンのおじさん、次はいつくるの？」

「うーん、しばらく来られないかもしれない。おじさん、また忙しくなりそうだから」

貴明はやさしく答えた。

「じゃあお手紙書いてね」

「手紙？　メールじゃだめ？」

「めーるって？」

そうか、相手は幼稚園児だ。一人苦笑した。

「オッケー。手紙を書くね、平仮名で」

靴を履いて園庭を走った。早くもフラッシュが焚《た》かれている。

報道陣も裁判所の判断が意外だったのか、それぞれが興奮した面持ちだった。中には、ＩＴ長者の挫折が見られなくてくやしがっている記者もいるらしく、挑むような目を向けてくる者もいた。まずは現在の心境を求められる。

「すべて想定の範囲内。当然の結果なんじゃないですか。我々は訴えが認められると信じていたし、そのとおりになっただけのことでしょう。司法が正常に機能していてほっとしています。これで日本も世界に恥を晒《さら》さなくて済んだわけですね」

自然と頬が緩《ゆる》み、胸が反《そ》りくり返った。ザマーミロと吠えそうになるのをこらえる。

「安保さんは今後もニホン放送の株を買い集めるわけですよね。そうなるとラジオ局を実効支配することになりますが、その点についてはどうですか」

「ぼくが改革を起こすとしたら、それは企業価値を高めるためであって、とにかく損をする方向にはもって行きませんよ。当然でしょ？」

「ニホン放送の社員は、安保さんに対する拒否反応が強いようですが」

まったく、時代の遺物どもが何を言っているのか――。

「それに関しては……」

背中で砂利を踏みしめる足音がした。振り返ると、マユミが金ダライを手に歩いてきた。ぎょっとして首をすくめる。

マユミは報道陣をよけてそのまま素通りし、門を出て行った。

なんだよ、脅かすなよ――。続いて伊良部が現れ、カメラに向かってピースサインをしていた。

「あんた、いい加減にしなさい」貴明が背中を押し、この場から立ち去らせる。

ひとつ深呼吸をし、再びマイクと向き合った。報道陣の頭越しにマユミが見えた。振り返り、一瞥をくれた。ふんと鼻で笑われた気がした。貴明は頭を触った。殴られた箇所だ。

「ええと……それに関しては、まずは社員のみなさんと対話をしたいと考えています」

丁寧な言葉遣いで言った。無意識にそうしていた。

「わたしの過去の発言の中で、『支配』という刺激的な言葉を使ってしまったことに対して、この場を借りて謝罪したいと思います。どうもすいませんでした」

記者たちが「えっ」という表情をする。突き出されたマイクが少し下がった。

「わたしはインターネットと既存メディアの融合を信じてますし、これからのラジオ局が生き残る道は、インターネットとの連動しかないと思っています。その未来を、現場の声を聞きながら模索していくつもりです。もちろん、現時点では一株主に過ぎず、会社の指針を示す立場にはないのですが、わたしが経営参画を願っているのは、自分たちの利益だけでなく、みなさんの利益も考えた上です。どうか窓を閉じないで、一度わたしの話を聞いてください。わたしもみなさんに対して、オープンでいます」

記者たちが黙りこくった。調子が狂ったのだろう。

「……あのう、エドテレビ・グループは、今後もライブファストの参画を阻止する戦略に出ると思うのですが、もう戦いは終わったとお思いなんですか」

記者の一人が聞いた。当然、戦いは続くのだろう。旧体制がやすやすと白旗を掲げるわけがない。

「それはわかりません。ここであらためて言い直しますが、わたしの言いたいのは、『ライブファストを皆さんの仲間に入れていただけませんか、損はさせませんよ』ということです。どうかよろしくお願いします」

貴明は深々と頭を下げた。一斉にフラッシュが焚かれる。記者たちの態度が変わるのがわかった。無理に距離を縮めてこないのだ。次の質問も出てこない。

「それじゃあ、今日はこのへんで」美由紀に腕を引っ張られ、幼稚園の門を出た。すぐ前で待機していた車に乗り込む。

「社長、大人じゃないですか」美由紀がおどけて言った。「かっこよかったですよ」やけにうれしそうだ。

「うるさい」鼻に皺を寄せ、美由紀のおでこをつついた。

リアシートに身を沈める。肩の力が抜けた。じんわりとよろこびが湧き起こる。

「いやっほー」貴明は思わず声を上げていた。

貴明が頭を下げたのは、予想以上の効果をもたらした。政財界のお偉方が、「安保君も話せばわかりそうじゃないか」と一斉に態度を軟化させたのだ。

マスコミの論調も一気に変わった。生意気なＩＴ長者から、未来を見据えるＩＴ企業家へと変貌を遂げた。

一度頭を下げたくらいでこんなにも風向きが変わるのだから、人間社会は理に適っていない。

理屈でものを考えられない馬鹿ばっかりだ。

わははは。貴明はつい笑ってしまう。頭を下げるのはただだ。なんて自分は得をしたのか。

いつもの番組にまた呼ばれた。

「安保さん、あなたの最近の言動はどうしたんですか。旧体制に牙《きば》を抜かれちゃったんですか。若者らしくもっと暴れてくれなきゃ面白くないでしょう。あなたはベンチャーの期待を裏切ってるんだよ」

激高司会者が、貴明を指差してイチャモンをつけてきた。

「それはひどいでしょう。理屈を言えば生意気だと非難されて、頭を下げれば面白くないと言われて。じゃあぼくはどうすればいいんですか」

「ジジイは引っ込んでろ、これからはおれたちの時代だ、とか、それくらい言わないでどうするんですか」

「そんな無茶な……。ぼくは会社の経営者ですよ。顧客に年配の方々だっているわけですから」

「それが日和《ひよ》ってるっていうんだ！」

司会者がバンバンとテーブルを叩く。貴明は苦笑するしかなかった。

討論の最後に、またボードにモットーを書かされた。今後の方針を示せとのお達しだ。

貴明はサインペンを走らせた。

《きょうちょうろせん》

「……協調路線？　なんで漢字で書かないの」と司会者。眉間に皺を寄せている。

「いや、最近、平仮名に凝《こ》ってて。ようやくスラスラと出てくるようになったんですよ。あはは」

貴明は頭を掻いて答えた。

「あんた、それがふざけてるって言うんだ！」

スタジオにテーブルを叩く音が鳴り響いた。

カリスマ稼業

1

風呂上りにドレッサーをのぞいたら、目の下の小《こ》皺《じわ》が一本増えていた。

ぎゅんと胸が締めつけられ、血の気が引いた。白木《しらき》カオルは思わず目を背け、落ちていくようなめまいに耐えた。

呼吸を整え、下腹に力を込める。現実から目をそらしてはいけない。一度逃げると、不都合なことは見ないようにしてしまう。わたしは女優だ。否応なく値踏みされてしまうのだ。そう自分に言い聞かせ、再び鏡と向き合う。目を凝《こ》らし、皺を確認した。指でつつき、なんだこれくらいと自分を励ました。

両手で頬を引っ張り上げ、放す。落差はさほどない。まだ大丈夫だ。リフトアップをしている同年代の女優たちに見せつけてやりたい。こっちはナチュラルだ。整形なんて考えたこともない。今のところは、なのだけれど。

ナイトクリームを念入りに塗り込んでいった。寝ている間も血行をよくするためだ。皺よなくなれ。おまじないをかけながら塗った。続いて、ヘアパックをした。艶《つや》のある黒髪がカオルの自慢だった。主婦層の支持を得られるよう、手入れが簡単に見えるショートにしているが、実際は大変なのだ。

一通りケアをしたところで、ベッドに移ってヨガのポーズをとった。正座の姿勢から上半身をゆっくりとうしろに寝かせ、骨盤を伸ばすのだ。そのまま深呼吸を繰り返す。これで消化器系が整い、脂肪をつきにくくしてくれる。夫は「ほんとかよ」と言うが、そういう意見は無視だ。美容は信じることから始まるのだ。

寝室のドアが開いて、娘の奈緒が顔をのぞかせた。「ママ。あさって、お弁当の日だからね」

「じゃあ山本さんにも言っておいて。材料を買っておいてもらわないといけないから」ヨガのポーズのまま答えた。山本さんというのは住み込みの家政婦だ。「それよりまだ起きてたの？早く寝なさい」

「はーい」素直に戻っていった。今年から名門私立小学校に通う奈緒は、カオルの一粒種だ。マスコミには一切出させないできた。プライバシーは断固として守りたい。

しばらくして夫が会社から帰ってきた。大手広告代理店に勤めるサラリーマンで、こちらも未公表だ。「ただいま」と顔だけ見せ、自分の部屋に入っていった。

カオルは夫婦の寝室を別々にしていた。女優モードに入っているときは、到底妻として振舞えないからだ。それに睡眠は大切だ。一人でぐっすりと眠りたい。

寝る前の儀式を済ませ、五感をリラックスさせるためのアロマポットをそばに置き、ベッドにもぐりこんだ。電気はすべて消す。暗いほどホルモンの分泌が高まると雑誌に書いてあった。

目を閉じ、心を落ち着かせる。今日も忙しかった。ドラマの収録があって、女性誌の表紙撮影があって、ラジオの公開番組にも出た。行く先々で、皇族のような扱いを受けた。花束は毎日のように手渡される。

明日はどんな予定だっけ――。きっと似たようなスケジュールだ。スタジオの照明を浴びて、レンズに向かってにっこり微笑んで、インタビュアーの質問に答えて、ファンに手を振って――。

さてと、眠らなければ。睡眠不足は肌の大敵だ。若い頃ならまだしも、この年齢になると寝不足がそのまま肌に表れてしまう。

寝返りを打ち、羽根布団を頭から被った。羊が一匹、羊が二匹……。

そういえば今日、スタジオのガラス越しに、女子高生たちから「かわいい」と言われたなあ。思い出してくすりと笑う。十代からそんなことを言われる四十四歳など、日本中で自分一人だ。

会う人会う人から「きれい」「若い」と褒められる。東京歌劇団時代から美貌が売りだったが、最近はそれが一気にエスカレートした感じだ。初めて経験するブームと言っていい。自分は渦中の人なのだ。

おっと、考え事はいけない。羊が二十二匹、羊が二十三匹……。

疲労感はあるというのに、なかなか寝付けなかった。今日はジムへ行けなかったし、それが原因だろうか。時間が許す限りカオルはエクササイズに勤《いそ》しんでいる。筋肉をつけないと胸やお尻が垂れてしまうし、だいいち基礎代謝が落ちる。

しまったな。くだらないラジオ出演など受けるべきではなかった。その時間をエクササイズに充てていれば……。羊が六十五匹、羊が六十六匹……。

まだ睡魔が来ない。アロマが合わないのだろうか。一度起きて、香りを変えることにした。鎮静効果のより強いものを選び、ティッシュに数滴垂らしてサイドテーブルに置く。再び寝る態勢に入った。

でも寝付けない。羊を数えるのはやめた。余計に気が散る気がした。あーあ。ため息をつく。この時間のなんともったいないことか。

いや、それより美容だ。さっき見つけた皺はメイクで隠せるだろうか。スタジオの撮影はいくらでもごまかせるが、困るのは自然光でのロケだ。腕の悪いカメラマンだと、女優を平気で直射日光にさらす。

先日、雑誌のグラビアページ用に撮られた写真はひどかった。思わず目を背け、即ボツにした。首の皺にショックを受けた。少し油断すると、実年齢が出てしまう。

布団にくるまりながら、暗い気持ちになった。自分の若さと美貌はいつまで維持できるのだろう。

手をうしろに伸ばし、自分の尻をつまんだ。やけにぷよぷよしていた。暗い気持ちが充満する。やっぱりジムを休んだからだ。

目を開け、ベッドから降りた。寝室にはいつでも漕げるようにエアロバイクがおいてある。

カオルはパジャマ姿でエアロバイクにまたがった。このまま無駄な時間を過ごすより、少し汗をかいた方がいい。肉体的に疲れれば、ぐっすり眠れるかもしれない。

消費カロリーが表示されるディスプレイを見ながらペダルを漕いだ。たちまち玉の汗が噴き出て、床に滴《したた》り落ちた。


翌朝の気分は最悪だった。結局寝ついたのは午前四時過ぎで、疲れが取れないまま朝を迎えたのだ。エアロバイクを漕いだせいで、逆に体が目覚めてしまったのかもしれない。カオルは自分の迂闊《うかつ》さを呪った。そんなの常識でわかりそうなものだ。

体は正直だった。肌は化粧ののりが悪く、髪はうまくまとまってくれない。

山本さんの作った朝食はサラダとヨーグルトだけにして、あとは各種サプリメントを飲み込んだ。娘と夫はとっくに家を出ている。

「そうだ。奈緒のお弁当なんだけど、ハンバーグと出汁《だし》巻き玉子と、茹《ゆ》でたブロッコリーとプチトマトにしてね。例によって、下ごしらえはわたしがしたことにして」

「かしこまりました」

親子関係を良好に保つための小さなうそだ。トートバッグのアップリケもカオルが縫い付けたことになっている。

迎えが来たのでハイヤーに乗り込んだ。助手席には付き人の久美、隣には社長の稲田光代が座っている。稲田プロモーションは小さな芸能プロダクションなので、スタッフの大半はカオルに付きっ切りだ。

「社長、ゆうべ眠れなかった。夜中にエアロバイクを漕いじゃった」

カオルが訴えた。十歳年上の光代には全幅の信頼を寄せているのでなんでも話す。夫より関係が濃密なくらいだ。

「また漕いだの？」光代が目を丸くしている。「どうしてよ。気がかりなことでもあるの？」

真剣な面持ちで体を寄せてきた。

「目の下に新しい皺ができた」

「どれどれ？」光代が顔をのぞきこむ。「どこよ、わからないけど」

「ここ」指でなぞった。

「これ？　こんなの顕微鏡で見なきゃわかんないわよ。全然気にしなくていい」

慰めだとわかっていても勇気づけられた。女優は周囲に励まされて立っているようなところがある。

「でも化粧がのってない。肌も荒れている」

カオルが言うと、光代はしばし黙り込んだ。

「……今日、『コスモポリターニ』のインタビューがあるけど、キャンセルしようか」

「できるの？」

「大丈夫よ。こっちはお願いされる立場なんだから」

光代がケータイを取り出し、早速断りの電話を入れた。「ドラマの収録が延びて、時間が取れなくなったんですゥ」そんなうそをついている。撮影が中止となれば、カメラマンやスタイリストに迷惑をかけ、ときにはキャンセル料も発生するが、光代はいつも強硬だ。カオル自身も、さして悪いとは思わなかった。相手に合わせるとどんどん付け入られるので、いやなものはいやと光代を通じてはっきり言うようにしている。

女優で気の弱い女はいない。仮にいたとすれば、その場合は例外なく悪魔のようなマネージャーがついている。光代は文句のないマネージャーだ。

「それにしても眠れないのは困ったわね。睡眠のリズムって一度狂うとなかなか戻らないから、精神安定剤でも都合つけてこようか」

「薬はいや」

「平気よ。軽いものなら副作用も習慣性もないし。こういうのは早めに手を打たないと。ねえ、久美ちゃん。大至急どこか病院に行って、安定剤を処方してもらってきて。夜眠れないとか、適当なうそついて」

「わたしのバンド仲間が、この近くの病院の神経科で看護婦をやってますけど、そこでもらってきましょうか?」久美が言った。

「ちょうどいい。じゃあそこでお願い」

光代が車を止めさせ、若い久美を病院に走らせた。まったくもって強引だが、カオルにはどこか言いなりになる快感もあった。周囲が雑用をすべて引き受けてくれるから、女優は演じることに専念できるのだ。

この日は、最初に都内の稽古場で台本の読み合わせがあった。二時間枠の恋愛ドラマで、もちろんカオルが主役だ。

到着するなりテレビ局のプロデューサーが駆けてきた。体を折るようにお辞儀をする。「ご苦労様です。じめじめしていやな季節ですね。あはは」愛想笑いをしていた。

そうか、とっくに梅雨入りしていたのか。毎日忙しくて気づきもしなかった。

稽古場に入り演出家と親しげに口を利く。「小林さん、いじめないでね」

「ご冗談を。こっちこそいじめないでくださいよ」

演出家とは仲良くするに限る。自分を引き立たせてもらうためだ。

先輩俳優に挨拶を済ませ、自分の席に着いた。すると今度は、若手やその他大勢の役者たちがカオルの元に順に挨拶に来た。みな緊張した面持ちで頭を下げる。自分もここまで来たかと感慨が湧く一瞬だ。

ただし一人、川村こと美だけはカオルを無視して席で台本を読んでいた。同年代で女子大生アイドル上がりの女優だ。かつてはドラマやCMに引っ張りだこだった時期もあった。当時はずいぶん意地悪をされたものだ。

カオルへの対抗意識があるのは雰囲気から伝わった。もちろんカオルにその意識はない。今では自分が格上だ。

勝っている余裕でカオルから挨拶をしにいくことにした。

「川村さん、ご挨拶が遅れて申し訳ありません。今回はご一緒に仕事ができてとても光栄です」慇懃《いんぎん》に微笑んで頭を下げてやる。

「あ、いえ、こちらこそ」川村こと美は虚を衝《つ》かれた様子で顔を赤くした。

「またいろいろ勉強させてくださいね」

「あ、はい……あ、いえ」うまく反応できないのか、間抜けな返答をしていた。

引き上げるとき、視界の端に、頰をひくつかせている川村こと美が見えた。昔威張っていた女優に、現在の力関係を見せつけるのは実に気持ちがいい。ほっほっほ。心の中で笑ってしまった。

台本読みはカオルを中心に進んでいった。寝不足が影響しているのか、どうも声に張りがなかった。日常の少しの変化が声にまで影響してしまう。まあいい、ただのリハーサルだ。そう自分に言い聞かせて台詞《せりふ》を読んでいく。

ランチタイムになり、局側の用意した仕出し弁当が出てきた。揚げ物が中心の高カロリーなもので、全員の分がテーブルに並んでいる。すかさず久美が小さなトートバッグを手に駆けてきた。中には栄養士に作らせたいつものヘルシー弁当が入っている。

「それから、病院で薬、もらってきました。夕食後に飲んでください」久美が耳元で言う。

「そう。ごくろうさま」

「引き換えに注射を打たれました」

「なによ、それ」

「わかりません。太った精神科医がいて、注射が趣味だそうです。バンド仲間の看護婦には『しょうがねえだろう』って凄《すご》まれました」

「わかんない話をしないの。とにかくありがとう」

出演者たちのいるテーブルに着こうとすると、川村こと美が手製の弁当を広げていた。サラダや酢の物と一緒に小さなおにぎりが一個だけある。

「川村さん、それで足りるの？」年配の男優が驚いて言った。

「うん、平気。カロリー計算してあるし」

「へえー。やっぱり若さを保つ秘訣は節制なんだろうねえ」

「脂肪分や甘いものを我慢しないと、おれらみたいに腹が出るわけだ。あはは」

みなが川村こと美の弁当を話題にしている。彼女は最近、アンチエイジングの本を出したばかりだった。拾い読みしたが、健康食やら美容体操やら心構えやら、くだらない内容だった。川村こと美もまた、「四十代なのに若い」を売りにしているのだ。

なんとなく自分の弁当を出しにくくなった。こっちはもっと低カロリーだ。それにこんな女と一緒にされたくない。

「あらー、おいしそう」カオルは明るく言って、みんなの食べている仕出し弁当をのぞきこんだ。バッグを久美から受け取らず、うしろ手で追い払う。「わたしもいただこうっと」

席に着き、蓋を開け、エビフライを頬張った。「おいしいー」周囲に笑顔を振り撒く。自分の中でテンションが一気に上がった。

「白木さんはこういうの、食べちゃうわけ？」男優が意外そうに言った。

「うん。わたしエビフライとか、トンカツとか、大好物なの」御飯も口に運ぶ。

「その割にはずっとスリムじゃないの。太ったの、見たことないよ」

「なんでですかねえ。きっと体質なんじゃないですか？」

カオルは余裕のポーズで言った。川村こと美は顔をこわばらせている。

「白木さんは東京歌劇団出身だから。踊りでずっと鍛えられてて、基礎代謝が高いんだよ、きっと」

演出家がもっともらしい分析をした。みなが納得した様子でうなずいている。

そんなわけないだろう。揚げ物なんて一月《ひとつき》ぶりだよ——。

「何もしないで若いままの人って、たまにいるんだよね」

いるか、そんなやつ。みんな裏じゃ必死こいてんだよ——。

「赤坂においしいトンカツ屋があるんだけど、今度そこから弁当を取ろうか」

「あら、うれしー」少女っぽく手を胸の前で合わせた。

これはお愛想だぞ。本当に取るんじゃねえぞ——。カオルは心の中で毒づいていた。

一口食べたら、あとに引けなくなった。おいしいおいしいと無理に微笑みながら、泣く泣く完食する。久美は暗い表情で稽古場の隅に立ち尽くしていた。

午後の台本読みでカオルは落ち着かなかった。さっき食べた揚げ物が、胃の中で消化され、全身に溶け込んでいくのが実感できたからだ。久し振りの脂肪分だから、渇いていた細胞が我先にと取り入れていることだろう。相撲取りが太るのと同じ原理だ。彼らは空腹のまま稽古をして、渇ききったところで一気に栄養分を摂取する。

そう思ったら焦りがこみ上げた。あの弁当は果たして何キロカロリーあったのだろう。エビフライが一本と、ロースカツが二切れと、御飯が軽く二百五十グラムはあって、トンカツソースとマヨネーズで……。絶対に千キロカロリーは超えている。指先に震えがきた。

「白木さん、どうかした？　ここ白木さんの台詞だけど」演出家に言われた。

「ごめんなさい。うっかりしてた」笑顔を作り、台詞を読んだ。

まずい。こうしているうちにも脂肪分が体内に染み込んでいく。一度ついた体脂肪は、落とすのが大変なのだ。カオルはじっとしていられなくなった。思わず立ち上がった。

みなが一斉に見上げる。「どうかしたの？」演出家が訝った。

「わたし、立ってやってもいいですか？」カオルが言う。顔が熱くなったが、平静を装った。

「ほら、読むだけだと雰囲気が出ないから」

「うん。いいけど……」

早いうちに一キロカロリーでも消費したい。座っていると、肉になるだけだ。

「だって、あなたが言ったんでしょう！」身振りを交え、声を張り上げた。「わたし、わたし、ずっと待っていたのよ！」役になりきり、稽古場を歩き回った。

男優が「へえ」という表情をして付き合ってくれた。ほかの役者も次々と立ち上がる。

いい具合に汗が出てきた。演技にも熱がこもる。これで百キロカロリーは消費したい。エビフライ一本をなかったことにしたい。まるで舞台のようにカオルは動作をつけた。

台本読みが終わると、ベテラン俳優たちが口々に「やっぱり白木さんはプロだねえ」と褒めてくれた。若手たちは尊敬の眼差しだ。

「ごめんなさーい。わたし不器用だから、加減ができないんです」カオルは軽くシナを作って言い訳をした。怪しまれずに済んでほっとした。

「こういうのって、いいエピソードになりますよ。番宣で使わせてもらいます」

プロデューサーが紅潮した顔で言った。

ぜひ使ってほしい。ついでにみんなと同じ仕出し弁当を平らげたことも吹聴してほしい。業界ではちょっとしたことが噂になる。それはたちどころに週刊誌に載る。だから毎日気を抜けないのだ。

スタッフに挨拶をして、稽古場を出た。待機していたハイヤーに乗り込む。後部座席でパソコンを開いていた光代に抱きついた。

「社長、大変。見栄はって仕出し弁当全部食べちゃった」子供のように泣きごとを言う。

「馬鹿ねえ。ちゃんと栄養士さんに作ってもらったお弁当を持たせてるじゃない」

「だって、川村さんがおなじようなのを食べてたから、広げられなくなった」

「しょうがないねえ」光代がパソコンを閉じ、向き直った。「でもまあ、そういうのが女優だから。見栄がなくなったときは、主役を降りるときよ」

光代の慰めに、カオルは勇気づけられた。トップを行く人間に必要なのは、すべてを肯定してくれる人だ。

「じゃあ、早速あれをやるわ。積んであるんでしょ？　トランクに」とカオル。

「積んであるけど、どこでやるの？」光代が表情を曇らせて言った。

「どこだっていい。駐車場でも、ビルの非常階段でも」

「また？　無理よ、人目があるし。事務所に帰るまで待てないの？」

以前、多摩川の河川敷で始めたことがあった。光代は人に見られないかと気が気ではなかったらしい。

「六本木まで三十分はかかるでしょう。渋滞してたらもっとよ。その間に脂肪化しちゃうじゃない」

いても立ってもいられなくなった。カオルは座ったままの姿勢で、足を交互に上げた。

「わかった。ホテルの部屋でも取ろう。そこなら誰にも見られないし」光代が助手席の久美に指示した。「この近くのホテルを探してちょうだい」

「ここ、世田谷ですよ。ビジネスホテルだってそうはないですよ」久美が振り返り、眉をひそめた。

「じゃあ、カラオケボックスにしよう」

「なんなら、さっきわたしが行った病院はどうですか？　すぐ先にありますよ。看護婦は友だちだし、医者は院長の息子みたいだし。少し変わってますけど」

「場所は借りられる？」

「神経科の診察室が地下なんですよ。しかも暇そうでした」

「神経科か……」光代が考え込んだ。「そこって信用できそう？」

「院長は日本医師会の理事だそうです。息子がそう言って威張ってました」

「わかった。そこに行ってみよう。わたしが話をつける。白木さん、もう少しだから我慢してね」

カオルは、二人のやり取りの最中も足の上下運動をした。だんだん息が切れてくる。気分がハイになっていった。そろそろ体が脂肪燃焼ゾーンに入る——。

2

着いたところは「伊良部総合病院」という看板が掲げられた大きな病院だった。久美が車のトランクから羽根を広げたカブト虫のような形の器具を取り出して担いだ。ステップを交互に踏む流行のエクササイズマシンだ。

三人であたふたと走り、病院の玄関をくぐる。受付を素通りして地下に降りた。あまりに堂々としていたので、事務員も声をかけてこなかった。地下は薄暗くて薬品の臭いがした。人はいない。久美が「ここです」と神経科と書かれたプレートを指差し、ノックもせずにドアを開けた。

「マユミ。頼みがあるんだけど、部屋、ちょっとだけ貸してくんない？」

久美が片手で拝む。カオルが中をのぞくと、マユミと呼ばれた看護婦は、ベンチ椅子でギターを爪弾《つまび》いていた。ミニの白衣から太ももが露《あら》わになっている。看護婦はだるそうに顔を上げると、「はあ？」と低い声を発した。

奥の机では白衣を着た太った男が、背中を向けて何かをむさぼり食べている。男が振り返る。口の周りにシュークリームをつけていた。

「ああ、午前中に来た久美ちゃんね。また注射してほしいわけ？」

妙に甲高い声で言った。ふと胸の名札に目がいく。「医学博士・伊良部一郎」と書いてあった。

「伊良部先生ですね」光代が前に出た。「わたくし、稲田プロモーションの稲田と申します。実はちょっと込み入ったお願いが……」

きょとんとしている医師のところまで駆け寄り、小声で事情を説明し始めた。その間にもカオルは駆け足をしていた。有酸素運動を途切れさせたくないからだ。

「マユミ。そこの隅でいいから、これ、やらせて？」

久美がエクササイズ器具を運び入れた。

「はあ？　気でもちがった？」とマユミ。

「ほら、この方、わたしが付き人をやってる女優の白木カオルさん」

「それは知ってる。最近ちょっと変なんでしょ？　前にも言ってたじゃん」

「あんたねえ、わたしを失業させる気？」

久美はマユミをにらみつけると、カーテンの奥の、注射台やらワゴンやらの置かれた場所を急いで片付け、スペースを作って器具を勝手に置いた。

「白木さん、ここでどうぞ。あ、患者用の服があるからこれに着替えちゃいましょう。汗をかくし。棚のタオルも自由に使ってください。わたしたちは隣で待機してますから」

「あんた、人の職場で何を勝手なことしてんのよ」とマユミ。

「いいじゃない、これくらい。この前テレビ局の衣装部からステージ用のボンデージ一式ガメてきてあげたでしょう」と久美。

二人が言い争っている。そこへ伊良部が割り込んできた。

「なになに。これなに？」

子供がおもちゃを前にしたときのように、目を輝かせて興味を示している。

「先生、ですからちょっとお話が……」光代が伊良部の袖を引っ張った。

「あ、これ知ってる。深夜のテレビ・ショッピングでよく見るやつだ。ねえねえ、ぼくにもやらせて、やらせて」

伊良部がしゃしゃり出て、エクササイズ器具に乗った。しかしバランスがとれず、すぐに落ちてしまう。

「くそう。案外むずかしいんだな」何度も試み、やめようとしない。

「ちょっと、あんた、どきなさいよ」カオルは思わず声を荒らげていた。「こっちは急いでるの。緊急事態なんだよ」伊良部を引っ張り、押しのけた。

「先生、すいません。どうか三十分だけこの場所を……」光代が頭を下げる。

「ぼくだってやりたいのにィ」伊良部が口をとがらせていた。

「ねえ、マユミのボス、おかしくない？」

今風のアクセントで久美が言う。

「久美のもな。ほかの病院なら警備員が来るよ。うちで感謝しな」

マユミがガムをくちゃくちゃと嚙みながら、顎を突き出した。

「とにかく先生、向こうでお話を」額に汗をかいた光代が、伊良部の巨体を押していった。カーテンが閉められる。

なにやら相当どたばたした気がするが、カオルにはどうでもよかった。ともあれ、これで心置きなく脂肪が燃やせるのだ。着替えて、器具に乗る。

背筋を伸ばし、一定のリズムでペダルを踏んでいった。器具の本体には液晶のディスプレイがあり、そこに回数と消費カロリーが交互に表示される。三十分で二千回はこなしたい。そうすれば約二百五十キロカロリーが消費される。昼の弁当の四分の一は食べなかったことにできる。

腕を前後に振り、体の各部に意識を向けた。まずはお尻。丸くてつんと上を向いたヒップこそが若さの証《あかし》だ。続いてウエスト回り。ローライズのジーンズから肉がはみ出るなんて、女優としてあってはならない。

イチニ、イチニ。すべてを忘れ、エクササイズに集中する。体がよろこんでいるのがわかった。美しさに向かって、全細胞が一致団結しているのだ。

予定していた三十分がたちどころに過ぎ、カオルは全身に汗をかいていた。患者服はぐっしょりと濡れている。息がきれ、心臓が躍っていた。ただし苦しくはない。充実感がそれに勝《まさ》っているからだ。

「久美ちゃん。シャワーは?」カオルはカーテンを開けて聞いた。

「ねえマユミ。シャワー貸して。あるんでしょ?」

「馬鹿じゃないの。図々しい」マユミが顔をしかめて吐き捨てた。

「けちけちしないでよ。余計な注射打って儲けてんでしょ」久美が言い返した。

「終わった? 終わった? じゃあ次はぼくね」再び伊良部が、うれしそうな顔で現れた。

「先生、すいません。シャワーがあったらお借りしたいんですが」光代がすがるように頼み込む。

「霊安室の隣の洗い場なら自由に使っていいよ。最上階のデラックスルームのシャワーだと有料だけどね」

伊良部がのんびりした口調で言った。当然、デラックスルームにした。

怖い顔をしたマユミに先導され、まるでホテルのスイートのような病室のシャワールームに通される。汗を流し、やっと人心地がついた。張っていた肩の力が抜けていく。無理を言ってエクササイズをしてよかった。あのままでいたら、夜まで落ち着かない気持ちで過ごす羽目になっただろう。

上質なバスローブに身をくるみ、病室の窓から街並みを眺める。遠くには都心の高層ビル群。すぐ下は高級住宅街らしく、瀟洒《しょうしゃ》な民家が並んでいる。梅雨時の東京の空は、厚い雲に覆われて今にも泣き出しそうだ。

それを見ていたら、すーっと気持ちが醒めていった。

ええと、わたし、なんでここにいるんだっけ……。

カオルは一人眉をひそめた。

さっきまでエクササイズ器具のペダルを漕いでたんだよね、初めて来た病院の診察室で……。医者相手に乱暴な言葉を吐いた気もする……。

背中を悪寒が駆け抜けていった。

わたしって、変かも……。

カオルはしばらくその場を動けなかった。


胸いっぱいに灰色の気持ちを充満させて地下の診察室に戻ると、光代は眉を八の字にして待っていた。

「ねえ、わたし、恥ずかしいことしちゃったみたい」カオルが泣き顔で訴える。

「いいのよ、先生には了解してもらったから」光代は母親のように抱きしめてくれた。伊良部は部屋の真ん中で器具と戯《たわむ》れていた。ただしうまく漕げないようで、体をふらふらさせている。

いかにも運動神経が悪そうだ。

「なんだこんなの。面白くないじゃん」口をとがらせ、降りた。「さて、せっかく来たんだし、気分のすっきりするやつ一本打っておこうか。おーい、マユミちゃん。ラージサイズね」伊良部が腕をぐるぐる回して言った。

マユミが仏頂面《ぶっちょうづら》で注射のセット一式をトレイに載せてやってきた。特大の注射器をマユミが構える。

「あのう、これ、わたしに打つんですか?」

事情がつかめないままスツールに座らせられる。

「いいから、いいから」伊良部に腕をとられた。注射台にゴムで巻きつけられる。呆気《あっけ》にとられているうちに、針をブスリと突き刺された。

「痛たたた」カオルが顔をゆがめる。伊良部が身を乗り出し、興奮した様子で注射の一部始終を見ていた。マユミは胸をはだけていて谷間が丸見えだ。ますます頭が混乱した。

注射が終わると、伊良部は一人掛けのソファに体を沈め、シュークリームを食べだした。

「これ、帝国ホテルに届けてもらったんだけど、白木さんも食べる?」

「いいえ、いりません」戸惑いながら断った。

「甘いの、嫌い?」

「今は食べたくないんです」

「そうかなあ。女の人は、甘いもの、いつでもオーケーなんじゃないの? うりうり」

歯茎を剝《む》き出しにして、シュークリームを突き出してきた。なれなれしいのでむっとする。

「やめてください」カオルは真顔で言い返した。

「大変だね、女優さんは。食べたいものも我慢しなきゃならないし」伊良部が指についたカスタードクリームを舐《な》めている。「それで白木さんは、美容のことを考えると我を失うわけね？」

カオルは光代を見た。光代は肩をすくめると、先回りして「白木さん、この頃神経質過ぎるから、ちょっと相談してみただけ」と少し硬い表情で言った。そして、「いろいろ電話しないといけないから、車で待ってるわね」と、逃げるように診察室を出ていった。久美は神妙な顔で、マユミと並んでベンチに座っている。

「まあ、確かに、変といえば変ですよね」カオルは素直に認めた。醜態をさらして、なんだか弱気になっている。「わたし、四十四歳だから、何もしていないとどんどん衰える気がして、じっとしていられなくなるんですよ」

「うそ。白木さん、四十四歳なの。若く見えるなあ。ぼくより七つも年上なんだ」

伊良部が突き出た腹をぼりぼりと搔《か》きながら言った。七つ年上？　ということは……この男、三十七歳なのか？　絶対に見えない。四十七歳に見える。

「ぼくも若く見られちゃうんだけどね」

「ああ、そうですか」面倒臭いので無理に合わせておいた。

「とにかく自覚してるんなら大丈夫だよ。世の中、自覚してない人がいちばん変なんだから」

うん、まあ、そうだ。あんたみたいにな――。

「ちなみに白木さんはどういう努力をしているわけ？　やっぱりさっきみたいなエクササイズを毎日してるの？」

「そうですけど……。でも、ハードワークってわけじゃないんですよ。食事にしても、それほど節制してるわけでもないし」

「じゃあ、これ食べてよ。うりうり」再び伊良部がシュークリームを突きつける。

「だから、今はいらないって言ってるでしょう」つい語気が荒くなった。

「テレビなんかを見る限りでは、白木さんって自然だもんね。昔から変わらないし、ほかのタレントみたいに精一杯若作りしてるわけじゃないし」

わかってるじゃないか――。少しだけ勇気が戻る。女性から幅広く支持されるのは、カオルが無理をしているように見えないからだ。

「わたし、努力はしても、一応年齢は受け入れようって――。自然体じゃないと見ていて痛々しいし」

「そうそう。ぼくも自然体。自然体がいちばんだよね」

「ああ、そうですか」一緒にされたことに脱力する。

そのとき、マユミがうしろでつぶやいた。「自然体って言葉、恥ずかしくない？」

「ちょっとォ、口を慎みなさいよ。あの方を誰だと思ってるの」久美が声を低くして言い返す。

ひそひそ話で喧嘩が始まった。

「思ったこと言ってるだけでしょ？　あんたも正直になりなさい」

「どういうことよ」

「パンクロックやってる女が、芸能人の付き人やるかねえ」

「人の生活に口出さないでよ」

「やだやだ。魂を売った女は」

「マユミ。表に出る？」

「いいけど」

二人で診察室を出ていった。あまりの品のなさに言葉を失う。若さ、か――。カオルはため息をつき、てのひらで頬を包んだ。おっと、いけない。シャワーを浴びたあとなのに乳液をつけていない。次の仕事だってある。

「先生、じゃあこれで。お邪魔しました」

「うん。また来てね」伊良部はソファで胡坐《あぐら》をかき、あくびをして言った。「ねえ、白木さん、一度太ってみたら？」

カオルはドアまで行ったところで振り返った。

「太ったことないんでしょ？　一度経験してみると怖くなくなるよ。人間っていうのは未知のものを恐れるわけだから」

それだけ言うと、伊良部は映画の中のレクター博士のようにニッと笑った。

カオルはそれには答えず、診察室をあとにした。階段を上がり、病院を出る。玄関前で待っていた車に乗り込んだ。

「どうだった？　少しはすっきりした？」と社長。

「ねえ社長、太ったことある？」

「失礼ね。あなたに比べれば今だって太ってるわよ」社長が顔をこわばらせる。

そうか、わたしは太ったことがない。それがどういう感じなのか、知らないで恐れている。

太ってみれば――？　伊良部の言葉が耳の奥で響いていた。

3

その日は朝からテレビクルーが張り付いていた。日曜夜の人気番組『熱血大陸』が、カオルを一日密着取材するというのだ。「えー、素顔まで撮られるわけ？」カオルは気乗りしないふりをしたが、内心は満更でもなかった。その番組のターゲットになるということは、〝いま旬の人〟と認められることなのだ。

光代は大はりきりだった。タレントの商品価値が上がるのだから当然だ。ＣＭスポンサーだってよろこぶ。光代はディレクターのところに押しかけ、どういう場面を撮らせるか綿密な打ち合わせをしていた。

まずは都内のホテルのスイートルームで、フォトエッセイ集の撮影現場に立ち会わせる。スタッフは総勢十名を超え、その全員がカオルのために忙しく動き回っていた。

ドレスに身を包み、ベッドに横たわる。シャッター音が部屋に響き渡り、そのうしろではテレビクルーがビデオテープを回している。

こういう撮影を延べ五日ほどこなし、簡単なエッセイやポエムをしたため、一冊の本になる。これで毎度ベストセラーになるのだから、世の中は売れた者勝ちだ。もし自分が名もない主婦だったとしたら、この不公平に耐えられるだろうかと思うことがある。

「この角度は白木のよさが出ないと思うの。それに照明はもっと強くした方がいいんじゃないかしら」

ポラをチェックしながら光代が細かい注文をつけた。

「もう、社長ったら。みなさんプロなんだから、お任せすればいいじゃない」カオルはポラを見ることもなく、無関心を装う。「ごめんなさいね。うふふ」可愛い素振りで周囲に笑顔を振り撒いた。

光代が憎まれ役を買って出てくれるから、自分はいつもいい子でいられる。このシーンが放映されるときは、きっと《白木は自分がどう見られるかに無頓着だ》というようなナレーションが被せられるのだろう。ほっほっほ。思う壺だ。

休憩時間になって、出版社の重役からケーキが差し入れられた。

「わー。わたし、甘いもの大好き」ビデオカメラを意識して、カオルはシナを作った。アホンダラ。こんなもの差し入れるんじゃねえ——。心の中では怒鳴りつけている。

ビデオが回り続けているので、仕方なくカオルはフォークを手にした。

スタッフとテーブルを囲み、いちごのタルトを頬張る。スイーツもまた一月ぶりぐらいだ。

「白木さんって、甘いものでもがんがん食べるんですか？」馴染《なじ》みのヘアメイクが意外そうに聞いてきた。

「そうなのォ。我慢しない性格なの」明るく答える。

先日と同じパターンだ。光代と久美は、部屋の隅で表情を曇らせている。

「白木さん、よかったらこれも食べて。ぼく、甘いの苦手なんで」カメラマンがモンブランを目の前に置いた。

こら、自分で食わんかい——。「ほんと？　うれしー」でも本能で演技をしてしまう。

「だめよ、だめだめ」光代が怖い顔で駆け寄ってきた。「白木さん、スイーツは一日一個の約束でしょ？　みなさん、白木に甘いものを与えないでくださいな」

光代はケーキを取り上げ、箱に戻した。ナイスな連繋プレーに感謝する。

「ひどーい。まるで日光の猿みたい。スイーツは女のスタミナ源なのにィ」

カオルは、ビデオカメラを意識しつつ可愛く頰をふくらませた。

うん、これはおいしいシーンだ。ナレーションは《白木は食べ物にも無頓着だ》で決まりだ。でも食べちゃったなあ。砂糖の塊《かたまり》みたいなやつを——。

撮影が再開され、別の衣装に着替えて窓辺に立った。憂いを含んだ表情を作り、高層階から外に目をやる。うしろからライトが当たり、窓ガラスに自分の姿が映った。

すぐ目の前に自分の顔があり、目の下の皺が見えた。げっ。この前発見したやつだ。メイクのへたくそめ。陰になると一目瞭然ではないか。

目をそらせると、カットソーの袖《そで》から出た二の腕がやけに太く見えた。服が若者向けなので、シルエットに手加減がないのだ。パンツだってパンパンに張っている。

酒でも飲んだかのように胃の中がぽっと熱くなった。じんわりと糖分が体内に染み渡るのを感じた。

徐々に血の気がひいていく。いけない。このままだとさっき食べたケーキが贅肉になってしまう。なんとかしなければ。

いいや、食べた端から太るなんて、そんなことあるわけがない。気の遣いすぎだ。

必死で自分に言い聞かせる。それなのにカオルの中で次々と焦燥《しょうそう》感が湧き起こった。

「いいよ、いいよ。その悲しげな表情」とカメラマン。

返事をする余裕もない。じっとしているのが耐えられなくなった。

「ねえ、次はなんかパーッとした写真撮ろうよ」シャッターがやんだところで、カオルが明るく言った。

「パーッとって?」

「十七歳の少女が、初めて一流ホテルのスイートルームに泊まって、ハイになって一人ではしゃいじゃうってシチュエーションで」

「ええと……絵コンテにはないんだけど……」カメラマンが戸惑っている。

「そんなのアドリブよ。いやっほーっ」

カオルは助走をつけると、キングサイズのベッドにダイブした。意図を察したカメラマンがカメラを構えた。カオルがベッドで飛び跳ねる。シャッターが連続して鳴り響いた。

枕を壁に投げつける。跳ね返ったそれを蹴飛ばした。髪が乱れてもお構いなしで動き回った。

「いえーっ」「ひゅーっ」奇声を上げる。

気を利かせたスタッフが、館内BGMをポップスのチャンネルに合わせた。ボリュームも上がった。ビートに合わせてジャンプする。

「あ、そうだ。わたしタップダンスできるけど、見たい？」

「ええと……そうね。じゃあやってみて」

カメラマンが苦笑して言った。周りのスタッフも顔をほころばせている。お義理かもしれないが。

パンプスに履き替えて、広いバスルームでステップを踏んだ。大理石の床に乾いた音がこだまする。足さばきはプロ級だ。歌劇団時代に習っているので、芸能人の余芸とはわけがちがう。

「うまいなあ」

「でしょう？」得意になって踊り続けた。

テレビクルーも乗って撮っていた。思わぬ映像によろこんでいる感じだ。どんなナレーションが入るのだろう。《白木はおちゃめな女だ》だったりするといいのだけれど。

「オッケー。じゃあ今日はこれであがりにしようか。お疲れ様」

カメラマンが言い、スタッフがみなで拍手をしてくれた。

カオルはそれでも踊るのをやめなかった。有酸素運動を続けたせいで、脂肪燃焼ゾーンに入ったからだ。ここでやめるのはもったいない。

「白木さん、終わったのよ」光代がバスルームに入ってきた。

「もう少し踊ってる」

「何言ってるの。カメラが回ってるのよ」小声でささやく。

「外で待ってもらって。あと十分で済むから」

カオルはステップをやめなかった。太ももや腰回りの筋肉が張ってきて、締まっているのがわかる。集中力も高まってきた。

「おほほほほ。みなさん、ちょっとロビーで待っていてくださいます？　白木は新しいステップのヒントを得たみたいなんです」光代が笑みを湛《たた》えながら、苦しい言い訳をしていた。「今度ディナーショーで、踊りも披露するんですよ」

撮影スタッフやテレビクルーが、無言で顔を見合わせていた。光代が強引に追い出し、ドアを閉める。

「白木さん、いい加減にしなさい」赤い顔で唸《うな》った。カオルは無視して踊った。

玉の汗が流れ出てくる。快感が押し寄せてきた。体がよろこんでいる。これでケーキを食べた半分のカロリーは消費されるはずだ。

結局二十分以上も踊り続け、ついでにその場でシャワーを浴びた。バスローブにくるまってバスルームを出る。暗い顔の光代と久美がいた。

「みんな、引いてたからね」光代がため息混じりに言う。

「やっぱり？」カオルの胸に刺すような痛みが走った。

部屋には身内のスタイリストだけが残っていて、カオルが汗で濡らした衣装をうつむいてたたんでいる。

「ごめんね」近寄って詫びた。

「ううん、いいんです」首を振るものの笑顔はぎこちなかった。

カオルは肩を落とした。人前で、頼まれもしないのに、踊り狂ってしまった。我に返ってみれば、異常行動だ。

「どうしてケーキ一個ぐらいで我を失うのよ。太りゃしないわよ、元々スマートなんだから。安心しなさい」

カオルは黙って口をすぼめた。本当にそうならいい。でも怖いのだ。

「これから伊良部先生のところに行きましょう」

「えー、いやよ。あの先生、変だもの」自分も変だけれど。

「あのあと人に聞いたんだけど、伊良部先生って大日本新聞の田辺前会長やライブファストの安保社長の主治医なんだって。だからそれなりに名医なのよ」

「変わり者同士、馬が合うだけなんじゃないの」

「とにかく行ってもらいます」

ホテルのロビーに降りると、『熱血大陸』のテレビクルーが待ち構えていた。「いやあ、さっきは楽しい映像を撮らせていただきました」こちらも表情がぎこちない。

「このあとは雑誌の取材でしたよね」

「いいえ、それは急遽《きゅうきょ》中止。知り合いの病院へ行って、医師のブリーフィングを受けることになりました」

光代が何食わぬ顔で言った。

「医師のブリーフィング?」

「今、白木に精神科医を主人公にした映画のオファーが来てるの。受ける前に、どういうものか勉強したいって白木が申すものですから。おほほ」

光代はうその天才だ。ただし、ディレクターはそれを取材したいと言い出した。

「頼みます。現状では素材不足なんスよ。それに女優さんの陰の努力をぜひ視聴者に知らせたいなあ」

こっちにもおいしい話と判断したのか、光代はそれを受け入れた。

「社長、診察してるところまで撮らせるわけ?」

「最初だけ演技して、撮らせて、あとは帰すわよ」

有無を言わさず車に乗せられた。光代は携帯電話で伊良部と連絡を取っている。

落ち着かない気持ちで車窓から外を眺めていると、下校中の児童たちが楽しげに歩道を歩いていた。

最近、娘と遊んでないな。ため息をつく。先日の女性誌のインタビューでは、子育てについてまで一席ぶったのに。

母親であることまで売り物になるのだから、セレブはおいしい商売だ。中には嫌われることでポジションを得る人間までいる。ほとんど特権と言っていいほどだ。だから、みんなそれを手放すまいとしてしのぎを削る。芸能界の競争は、熾烈《しれつ》な椅子取り合戦だ。

カオルがブレイクしたのは四十を過ぎてからだった。それまでも主演級の女優として地位を築いてきたが、ブームといえるほどの人気はこれが初めてだ。いきなり神輿《みこし》として担がれるようになった。お鉢が回ってきた理由は「中年なのに若々しい」、その一点だった。三十代までは美貌を保ってきたライバルたちが、一斉に落伍したからだ。と言ってもカオルは、この日を見越して努力してきたわけではない。踊りのレッスンという若い頃からの蓄積が、今になって生きたのだ。偶然の貯金が、思わぬ利子を生んでくれたのである。

人生はわからないな。五年前は、今の自分をまるで想像していなかった。実力が十だとしたら、百の評価を受けている。悪い気はしないが、ときどき怖くなる。

車の中で頬のマッサージをした。下がるな、下がるな、とおまじないをかけながら——。


神経科の診察室に行くと、伊良部はジェルで髪をバックに撫でつけていた。派手な蝶ネクタイに、ストライプのスーツ、足元はコンビの靴だ。太った食い倒れ人形といった外見である。

「テレビカメラ、どこ？　どこ？」うれしそうににじり寄ってきた。

「あとから来ます。先生、何卒《なにとぞ》さっき電話で話した要領で。頭の十分ほどで結構ですから」光代が腰を低くして頼み込んだ。

「オッケー。白木さんに精神科医の心構えを説くわけね。うれしいなー。『熱血大陸』だって。有名になっちゃうなー」

伊良部が子供みたいにはしゃいでいる。マユミは、ベンチでだるそうにたばこを吹かしていた。久美が隣に腰を下ろし、「あんたも協力するんだよ」と肘《ひじ》でつついた。

「『熱血大陸』って、恥ずかしくない？」マユミがぼそっと言った。「臭いナレーションが入る日曜夜のヨイショ番組でしょ？」

「ちょっと、口を慎みなさいよ」

「ああいうの、出てうれしいかねえ」

「マユミ、いい加減にしてよね。世の中はね、あんたみたいなマイナー趣味の人間ばかりじゃないの」

「おー、おー。久美もとうとうコマーシャリズムに走るようになったか」

「わたし、あんたとは合わないような気がしてきた」

「わたしも。バンド解散する？」

「いいけど」

ぶつぶつと小声で言い争っていた。

テレビクルーが到着し、照明が当てられる。伊良部は満面に笑みを湛え、ソファで短い足を組んだ。

「先生、精神科医ってどういうお仕事なんですか？」

カオルがカメラを意識して世間話風に聞いた。

「それはですね、まず患者の話をよく聞いて、しかるのちに症状を把握し——」

「はい、カーット！」ディレクターが割って入った。「先生、もう少し普通に。くだけた感じでいいですから」腰をかがめ、注文をつけている。

「そうなの？」

「ええ、いつもどおりでお願いします」

「じゃあ、とりあえず注射打っちゃおうか。ぐふふ。おーい、マユミちゃん」

「え、やるの？」マユミが顔をしかめ、ひとりごとを言った。「目尻にシリコン注射でもぶち込んだりして」

「あんた、戦争仕掛けてるんでしょう」久美が色をなした。

「うざいなあ。いつから世の中、若作りのおばさんたちをここまで持ち上げるようになったわけ？」

「我慢しなよ。マユミだっていつかおばさんになるんだよ」

「ならねーよ」

「ちょっと、そこ、静かにしてくれる」ディレクターが若い娘たちをたしなめた。続いて伊良部に向き直る。「先生、注射はいいですから、なるべく普通の会話を……」

「普通ねえ……。精神科医の仕事なんて、結局は患者の相手になることだけだからなあ」

「そうそう、それでいいんです」

「最近はどういう患者さんが多いんですか？」カオルが聞いた。

「そうねえ、傾向としては、白木さんみたいな中年女性が多いかな。アンチエイジングにとりつかれたおばさんたちが、歳をとる恐怖に耐えられなくなって駆け込むパターン。あはは」

伊良部が屈託なく笑う。カオルも笑おうとしたが頬がひきつった。

「昔はみんな何の疑問もなく中年になったんだけどね、若作りの芸能人がブラウン管を賑わすから、強迫観念に駆られちゃうわけね」

若作り？　四十代の女を前にして、言ってはならないことを……。

「でも白木さんの場合は自然体だからね」

「ええ、そうなんです。自然体なんですよ、うふふ」

そんな話題を振るんじゃねえ——。カオルはぎこちなく微笑んだ。

「出た、自然体。おばさん向け女性誌の免罪符」うしろでマユミがつぶやいた。

「もう怒った。あんたとは絶交する」久美が低く言い、立ち上がった。

「思ったこと言ってるだけでしょ？」マユミは面倒臭そうに首をぽりぽりと掻いた。

「じゃあ、あんた、デブにはデブって言うわけ？」

「自分をスマートだと勘違いしてりゃあね。世の中の勘違いを糾《ただ》してやるのがパンクでしょう」

「言っとくけど、あんたの書いた歌詞だと絶対にメジャーデビューできないからね。放送禁止用語ばっかり使って」

「ここでそういう話、するんじゃないの」

「あなたたち、いい加減にしなさいっ」見かねた光代が、目を吊り上げて叱責した。「収録中でしょう。何を考えてるの」

「ほら、表へ出な」マユミが顎《あご》をしゃくる。

「マユミもな」久美がにらみすえる。

二人は殺気をはらみながら診察室から出て行った。テレビクルーは全員、異星人でも見るような目をしていた。

「ええと、先生、何の話でしたっけ」カオルが汗をかきながらこの場をとりなそうとする。どうして自分が気を遣わなければならないのか。

「アンチエイジングという強迫観念ね」

「そうそう。どうすればいいんですか？」

「逆立ちじゃない」伊良部が軽く言った。

「逆立ち？」

「要するに、頰が垂れたりするのって引力のせいなわけだから、それを逆利用すればいいわけ。うちに来る患者さんにはみんな逆立ちを勧めてるけどね」

「ええと、それは、冗談じゃなくて？」眉を寄せて聞いた。

「うん。マジだよ」伊良部が間髪を入れずに言う。「逆立ちができなきゃ、逆さ吊りでもいいけどね」

カオルは考え込んだ。確かに、理屈は合っている。無重力の空間で一生を過ごせるのなら、お尻が垂れることはないだろう。地球の引力が長年にわたって女たちの肉を引っ張り、やがては崩れさせるのだ。

そう思ったら、二の腕のあたりに重さを感じた。腕を挙げ、その部分を見てしまう。そうか、この瞬間も下に引っ張られているのか——。続いて頬に手をやった。軽く持ち上げるだけで、ふっと肉が上がる。ということは、平時においてはずっと引力のなすがままにされているのだ。背筋を悪寒が駆け抜けた。どうしてこんな当たり前のことに、四十四年間も気づかなかったのか。

「逆立ちって毎日どれくらいすればいいんですか？」

「一回二分で、朝昼晩と五セットずつ」

伊良部が、まるで根拠のある数字であるかのように言い切った。もしかして、名のある医師というのは本当なのでは……。

カオルはじっとしていられなくなった。体中の細胞が、逆立ちを求めている。

「先生、ちょっとやってみるので、足を支えてくれますか」

「うん、いいよ」

立ち上がると、その場で伊良部に向かって逆立ちをした。伊良部が足を持ってくれる。たちまち血が脳に流れ込んだ。

「ちょっと、白木さん、何をしてるのよ」光代が慌てて近寄ってきた。「カメラが回っているのよ」床に手を着き、耳元でささやいている。

「これ、いいかもしれない」カオルが言った。ヒップもバストも上がっている。

「馬鹿なことはやめなさい」

「社長、うるさい」

「先生、女優になんてことをさせるんですか」今度は伊良部に向かって訴えた。

「だって、いつもどおりにしろって言うからしてるだけじゃん」伊良部は呑気《のんき》に口をすぼめている。

光代は頭を抱えると、テレビクルーのところへ行った。「今日の撮影はこれまでにしてください。役作りに熱が入ると、白木は我を忘れちゃうんですのよ、おほほ」

「これはこれで、面白いんじゃないですか」ディレクターが苦笑混じりに言う。

「だめです。だめ。この先の撮影は日をあらためます」

光代はカメラの前に立ちはだかり、撮影をやめさせた。ぶつぶつと文句を言いながら、テレビクルーが引き上げていく。

逆立ちを五セット終えると、体がぽかぽかと温まってきた。全身の肉がせりあがり、血行もよくなった実感がある。しばらく床に尻餅をついたまま、足を投げ出していた。

「白木さん、また引かれたからね」光代が疲れ果てた様子で言った。

「なんか、どうでもよくなった」

「どうでもいいなら、自然に任せてればいいじゃない」

カオルはそれには答えないで、床に転がった。確かにそうだ。アンチエイジングが自然体のわけがない。人は老いていくものなのだ。でも自分は女優だ。美しさを求められている。

「大変だね、カリスマ稼業も」と伊良部。

カリスマ稼業、か。同性から過大な期待をされて、夢を託されて、自分はいつまで白木カオルを演じなければならないのだろう。

「先生、もっとらくにしなさいって、白木に言ってくださいな」光代が伊良部に懇願した。

「じゃあ太ってみれば？　ぐふふ」

「そうじゃなくて――」

太ってみるか。心の中で言ってみる。でも現実的じゃないよなあ。もはや自分一人の体ではない。スポンサーだってたくさんついている。

カオルはしばらく天井を見ていた。

4

フランスの有名ブランドの、銀座店のオープン記念パーティーに出かけた。東京中のセレブが一堂に会するとあって、店の前には赤いじゅうたんが敷かれ、マスコミ各社が群がっていた。

こういう場では否応なくセレブリティとしての格が試される。フラッシュをより多く浴びる者がえらいのだ。

子供がいる手前、カオルは滅多にパーティーには出ないが、バッグや服の提供を受けたことがあるので義理を果たしておくことにした。

とは言っても、手は抜けない。人前に出る以上、イメージだけは保たなくてはならない。カオルはスタイリストと綿密な打ち合わせをして、アクセサリーが映えるサテンの黒いドレスを選んだ。足はナマ足だ。この日のために念入りに手入れした。

レッドカーペットを歩くと、すさまじいばかりのフラッシュが焚《た》かれた。ほっほっほ。心の中で高笑いしながら、小さく頭を下げて歩く。「白木さん、今夜のゲストの中で一番だよ」光代が興奮気味に言っていた。カオルは満足だった。

会場では、フランス人社長や銀座店のマネージャーが挨拶にやってきた。その都度笑顔を振り撒く。やはり女優のステイタスは高いと思った。ワイドショーを賑わすだけのバラエティータレントとはわけがちがう。

顔見知りのデザイナーと談笑していたら、かつて共演したことのある先輩女優が声をかけてきた。「あらー、お久し振りです」歳が近いということもあり、親しく手を取り合う。

カオルは、その女の顔面に目が釘付けになってしまった。

げっ。また整形している。頰の不自然な張り方はまるで餅だ。この女は昔から鼻や顎をいじりまくっていた。

「白木さん、相変わらずおきれいで」

「ううん、先輩こそ」

さしさわりのない会話を交わし、場所を変える。今度は五つほど年下の女優が挨拶に来た。

「白木さん、ご無沙汰してます」胸の開いたドレスで頭を下げる。

うわあ、こっちは豊胸手術かあ。あんたもうすぐ四十だろう。亭主は何も言わないのか。

「もう、いつまでもセクシーなんだから」カオルがお世辞を言う。

「そんなァ。白木さんには負けますよォ」舌足らずな声で返された。

目の前を、パーティー・セレブとでもいうべき名物姉妹がしゃなりしゃなりと歩いていく。出たーっ。カオルは心の中で叫んでいた。巨大なバストとヒップはサイボーグの趣《おもむき》すらある。この人たち、あと十年経ったらどうするのだろう。

かと思えば、まだ二十歳そこそこなのに異様に痩せたタレントが暗い顔でワインを飲んでいた。見ているだけで痛々しくなる。拒食症かなあ。他人事なのに心配になった。

「よお、カオルちゃん」二枚目を売りにしている一昔前のトレンディー男優に肩を叩かれる。あちゃー。思わず生え際に目が行く。あんた、植毛、ばればれだよ。

芸能界は不自然の見本市だ。みんな自分を飾るためならなんでもやる。この強烈な自意識と虚栄心を、一般人が理解することはできないだろう。普通の人は落伍する。ある種の勘違いをしていないと、スターへの階段は昇れないのだ。

来てよかったかも——。自分がすこぶるまともに思えてきた。

会場中央の人の輪の中に、太った男がいた。伊良部だった。はあ？　なんで？

見ていたら目が合った。「やあ、白木さん。逆立ちしてる？」伊良部が手を挙げ、大声を発した。みなが振り向く。カオルは慌てて駆け寄り、「なんでここにいるんですか」と低く言い、にらんだ。

「一応、昔からの客だしね。ぼくのおとうさんは株主だし」

「あ、そう」脱力した。

「伊良部先生、白木カオルさんともお知り合いなんですね」いかにも金持ちの有閑マダム風の女が、目を輝かせて言った。

「うん。ぼくが白木さんの主治医なの」

「ちがいます」むきになって否定する。

「わたし、白木さんと同い年なんです。どうしたらそんなに若々しくいられるのか、ぜひ教えていただけません？」

げー、同い年？　世間の四十四歳はこうなのか。首には幾重もの皺がある。

「いいえ。わたし、何もしてないんですよ」カオルは微笑んでかぶりを振った。

「白木さんはねえ、エクササイズ器具を持ち歩いていて、逆立ちをして……」

「先生、冗談ばっかり。ほほほ」足を踏んで黙らせる。

そこへ二時間ドラマで共演中の川村こと美が現れた。「こんばんは」有閑マダムに挨拶をしている。どうやらパトロンのような存在らしい。

「うれしいわあ、今をときめく美女二人に囲まれるなんて」マダムはご満悦だ。

川村こと美は、目で素早くカオルの服装をチェックしてきた。カオルも何食わぬ顔でチェックを入れる。

勝ったな。網タイツなんて素足に自信がない証拠だ。ほほほ。

挨拶だけ交わし、その場を離れようとしたら、気障《きざ》な中年男が食事を盛った皿を運んできた。

「美女たちのために特上のローストビーフとトロをゲットしてきましたよォ」

「馬鹿ね、あなた。女優さんはそんな高カロリーなものなんてお口にしないわよ」マダムが夫をたしなめる。「これだけのプロポーションを保とうと思ったら……ねえ?」

「わたし、いただきます」川村こと美が微笑んで言った。「ローストビーフもトロも大好物なんです」箸を手にして食べ始めた。

ふん。無理しちゃって。この前サラダとおにぎり一個だったランチはどうした——。

「ほら見ろ。女優さんの美貌は神様が与えたものなんだよ」夫は得意げだ。

「わたしもいただきまーす」引けなくなってカオルも言った。「うん、おいしい」ソースがこってりかかった肉をぱくぱくと食べた。

川村こと美と目が合う。向こうだけが火花を散らしていた。

なによ、いちいち張り合ってきて。こっちは相手になんかしていないのに——。

調子に乗った男性陣が次々と皿を運んできた。ううっ。やめてくれーっ。

カオルは思った。結局、自分はサービス精神がありすぎるのだ。どんなときでも、周囲の期待に応《こた》えようとしてしまう。

おい、あんたも片付けんかい。伊良部にアイコンタクトで訴える。通じたのか、その必要はなかったのか、伊良部も無心に食べ続けていた。

やっとのことで責務を果たし、その場を離れる。人と話をするのが面倒臭いので、壁際の椅子に腰掛けた。

あーあ。思い切り食べちゃったなあ。そっとため息をついた。伊良部が言ったように、いっそこのまま太ろうか。案外それでらくになれるのかもしれない。

その伊良部はまだ食べていた。まるで冬眠前の熊のように。春巻きを三本まとめて口に入れ、女性陣から拍手を浴びている。やはり馬鹿なのか？

すぐ前を往年の大女優が横切っていく。挨拶だけはと思い、起立して会釈した。大女優はカオルを一瞥《いちべつ》すると、ふんとそっぽを向き、去っていった。

いるんだよなあ、こういうの。彼女は確か還暦を過ぎているはずだ。それなのに娘のようなメイクをして、肌の露出したドレスを着ていた。

ここにいる女たちは、みんないっぱいいっぱいだ。時間を止めようとすべてをなげうっている。若い子から見れば、きっと自分も――。

伊良部がメロンをハーモニカのように食べた。その食べっぷりに、外国人までが手を叩いてよろこんでいる。

だんだん人が集まり、伊良部を取り巻いた。なにやら大道芸のようだ。

伊良部がシャンパンの早飲みをした。おーっとどよめきが起こる。得意顔で胸を張っている。

パスタをバゲットに載せて一口で食べた。拍手を浴びる。串揚げを両手に数本持ち、一度にかぶりついた。みんなが笑う。そしてその場で、うしろに倒れた。

うそ。カオルは思わず立ち上がり、伊良部の元に駆け寄った。

「ううっ。ぐるじい」白目を剝いてもだえている。喉につかえたようだ。

「馬鹿じゃないの。体に悪いに決まってるでしょう」

カオルが力のありそうな男を呼び集め、四人がかりで廊下に担ぎ出してもらった。ベンチに寝かせる。背中をばんばんと叩いた。

「先生、何を考えてるんですか」

「みんながよろこぶから、つい……」叱られた子供のように口をすぼめている。

「それにしたって、自分の胃袋なんだから加減すればいいでしょう」

可哀相なので水を飲ませてやった。

「なんか、期待されると頑張っちゃうんだよね、ぼくって」と伊良部。

「それはわたしも同じ」カオルは静かに言った。「何もしないでも若いって言われると、それを演じなきゃと思っちゃう」

「大変だ、カリスマは」

「ほんと。先生もカリスマにならないように」

「一度くらいならなってみたいんだけどね、えへへ」

「まあ、そうだけど」

なんとなく肩の力が抜けた。どの道、今のポジションはあと五年がいいところだ。自覚している。このブームが永遠に続くと思うほど、呑気な女ではない。

あと五年頑張ろう。わたしは女優だ。夢を売るのが商売だ。

伊良部が回復したので、カオルは帰ることにした。夜更かしは美容の敵だ。帰ってエアロバイクを漕ごうと思った。ロースト ビーフ分のカロリーは、なんとしても消費したい。

お手洗いに行き、鏡の前で口紅を塗り直す。そのとき、個室で嘔吐する声が聞こえた。誰かが食べたものを吐いているのだ。「うえっ」という不快な声がレストルームに響く。無理に吐いている感じがした。

カオルは慌ててその場を立ち去った。それが誰か、見たくないからだ。もしもあの女優だったら、こちらまで辛くなってくる。

外に出ると、野次馬が大勢待ち構えていた。「お、白木カオルだ」「きれい」「若いなあ」そんな感嘆の声が聞こえた。

自然と背筋が伸びた。見せつけるように、車までゆっくりと歩いた。

仕事が休みの日、久美のバンドのライブがあった。今時の若者がどういう音楽をやるのか興味があったので、カオルはお忍びで見に行くことにした。ただし一人でライブハウスに入る勇気はなく、娘を誘った。小一の奈緒は大喜びだ。

帽子を被り、伊達《だて》メガネをかけて変装した。目立たないように、普通のTシャツにジーンズというスタイルにした。メイクもしていない。こうなると、刀を質に出した侍のように全身がスースーする。自然と端っこで小さくなっていた。

久美のバンドは女ばかりの四人編成で、ギターがマユミ、ベースが久美、あとの二人がボーカルとドラムスを担当していた。

度肝を抜かれたのは彼女たちのファッションだ。鋲《びょう》を打った革のブラジャーに、同じく革のホットパンツという出で立ちだ。久美のへそピアスを初めて知った。髪は全員逆立てている。若さはある面で凶暴なんだな。カオルは一人感じ入ってしまった。歌劇団出身の自分は、ずっと女の子の世界で生きてきた。

演奏する音楽はパンクロックだった。激しいビートに、客がタテノリで床を揺らしている。奈緒が奇声を発しながら一緒に飛び跳ねるのには少し心配した。親の希望としては、大きくなってもこういう若者とは一緒に遊んで欲しくない。

ボーカルの女の子が曲の紹介をした。

「次のナンバーは、マユミが書いた新曲です。タイトルは『若作り』。イエーッ」

カオルはいやな予感がした。

若作り　若作り
四十過ぎても恋語る
乳が垂れても夢を見るう

ねえ　そこのオバサン　邪魔なんだけど

若作り　若作り
シワを伸ばして自然体
髪は内巻きメルヘンよお
ねえ　そこのオバサン　勘違いだって
わー　わー　若作り
へー　へー　平和だぜー
ほかにやることねえのかよー

カオルは卒倒しそうになった。なんという情け容赦のない歌詞なのか。しかも若い女が、大股開きで歌っている。

「あはは」奈緒が無邪気に笑っていた。連れてくるんじゃなかったかも。

はー。深くうなだれた。若さは残酷だ。怖いものがない。

でも、やがてカオルも静かな気持ちになった。久美もマユミも、かっこよかったからだ。

いいなあ、レプリカでもイミテーションでもない、本当の若さは——。

娘と一緒に飛び跳ねた。額に汗をかいていた。

町長選挙

1

　パソコンに向かって町民の高齢者名簿を作成していると、土木課の磯田課長にうしろから肩をたたかれた。顔を近づけ、口臭混じりに「今夜は空いとるんじゃろう？」と耳元でささやかれる。宮崎良平《みやざきりょうへい》はたちまち暗い気持ちになった。

「いや、あの、今夜はですね、敬老会の会合に呼ばれてまして……」

付き合いたくないので、咄嗟《とっさ》にうそを言う。

「なあにが会合じゃ。どうせ年寄り連中のカラオケじゃろうが。そんなもの民生委員でもあてがっとけ。いいか、『お多福』に六時じゃからな。後援会の岩田社長も漁協の塚原さんも、おまんに会いたがっとるんじゃ」

　磯田は、肩を揉むふりをしてわしづかみにした。「いてて」良平が情けない声を発する。

「おまんも島へ来て九ヶ月じゃろう。そろそろ腹を決めい」

口の端で笑い、挑むような目でにらまれた。浅黒い顔に角刈り頭なので、役場の作業服を着ていなければ漁師に見える。

「どっちつかずは命取りになるで」

最後にそう言って後頭部をつつかれた。

伊豆半島の沖合にぽつんと浮かぶここ千寿島《せんじゅしま》は、行政上は東京都に組み込まれているが、言葉は西日本のそれに近い。なんでも江戸時代は流刑地で、太平洋ベルト地帯の罪人がごっそり送り込まれたらしい。そのせいか島民の気性は激しく、単純だ。意味なく微笑んでいると、「何がおかしい」とからまれる。

そっとため息をつき、顔をあげると、視線の先で総務課の上司、室井課長が目を細くしてこちらを見ていた。黙って顎《あご》をしゃくられる。今度はこっちか——。口の中でつぶやき、窓際の席まで行くと、室井は椅子の背もたれを軋《きし》ませ、「磯田に何を言われたんな」と聞いてきた。

「今夜飲みに行こうと誘われたんですが……」正直に答える。

「行ったらあかんぞ。わかっとるな」有無を言わせぬ口調だった。室井はパンチパーマなので、作業服を脱ぐと見た目は街の金融業だ。

「課長から止められたって言ってもいいですか？」

「ばかたれ。自分のケツは自分で拭くんじゃ」

「自分のケツって——」良平は目をむいた。「ぼくは何もしてませんけど」

「何もしないのがいちばん悪い。この島ではな」

室井は冷たく笑うと、たばこに火をつけ、天井に向けて煙を吐いた。過疎の島には似つかわしくない豪華な町役場庁舎は、いまだ分煙すら定められていない。ヘビースモーカーが多いせいで、白い壁がもう黄ばみ始めている。

その壁には真新しいポスターが貼ってあった。《クリーンな選挙をみんなの力で　千寿町選挙管理委員会》という文面だ。白々しすぎて茶化す気にもなれない。四年に一度の町長選挙が、今日告示された。千寿島の選挙は、その激しさで有名だった。毎回島を二分し、前町長と現町長が熾烈《しれつ》な戦いを繰り広げるのだ。投票率九十五パーセント超。この島で傍観は許されない。

「ところで、新しい医者は明日来るんやったな。出迎えはおまんに任せたからな」

「はい……」

「そのセンセイ、住民票はこっちに移さんのか。大事な一票になるぞ」

「まさか。二ヶ月の任期ですよ」

席に戻ると胃がきりきりと痛んだ。診療所に案内したらまず自分が診てもらおう。ここ数日、食欲もなかった。対立する両陣営から、支持者になれと迫られているからだ。

二十四歳の良平は東京の世田谷で生まれ、堅実な人生を歩んできた。公立の高校と大学を普通よりは上の成績で卒業し、公務員試験に合格し、都庁に就職した。公務員を選んだのは、自分に向いていると思ったからだ。人を蹴落とすような競争も、派手に目立つことも、好みではなかった。何より金にがつがつする生活を送りたくなかった。子供の頃、事業に失敗した父を見たせいか、地道に生きるのがいちばんだと自然に思うようになった。一度ゼミの教授から、「君は若いのに野心がないねえ」と言われたことがある。良平はさして気にはならなかった。全員が野心家なら、社会はめちゃめちゃだ。

都庁では福祉保健局に配属され、主に医療整備や制度改革に従事してきた。もっとも新米なので大半は補助業務だ。医療現場に赴《おもむ》き、医師や患者の声を聞くのは勉強になり、面白かった。切実な陳情を受けたときは、まだ無力ながら使命感に燃えた。なにかと批判されることが多い公務員だが、仕事には誇りを持っていた。野心はなくても、良心はある。

そして三年目の今年になって、人事から離島研修の打診があった。本来ならば過疎地は総務局の管轄であるが、若手に広く経験を積ませるという上層部の意向で、良平に白羽の矢が立った。出向先は千寿町役場の総務課。任期は二年。聞かされたときは戸惑ったが、翌日には受諾していた。指名されたのは期待されているということだ。それにずっと親元で暮らしていたので、一人暮らしをしてみたかった。離れ小島というのも、都会育ちの良平には憧れる気持ちがあった。

人口約二千五百人の千寿島は、のどかな漁業と農業の町だった。空港はなく、伊豆諸島の大島から定期船が出ている。町役場は職員四十人の小さな所帯で、いちばん若い良平は何でも屋という立場だ。

島に着いてみると、過疎の町なのにインフラが充実しているのに驚いた。道路はきれいに舗装され、歩道と街路樹もある。図書館もスポーツ施設も、新しくて立派だ。

ただ、利用者が少ないので維持に金がかかっていた。すべての施設が赤字を抱えている。

「おまんも知っとろう。ここは地方交付税特区じゃ。予算があるものを使わん馬鹿がおるか」

室井はそう言ってほくそ笑んでいた。

役場全体も予算を計上することに熱心で、改革の空気はなかった。要するにコスト意識がないのである。

当然、違和感は覚えたが、良平は島のやり方に従うことにした。一人だけ力んでいても仕方がない。それに、地方の大半は案外こんなものなのかもしれない。中央の感覚で地方を論じるのは、都会人の傲慢だ。ただし、仕事で手を抜くことだけはするまいと思った。改革が必要と判断すれば、自発的にプランを練った。

そしてしばらくすると、良平は奇妙なことに気づいた。町役場の人間関係がきれいに二分されているのである。派閥はどこにでもあるものだが、その度合いがちがった。まるで生物の種でもちがうかのように、一切交じり合うことがないのだ。土木課の磯田と総務課の室井は口さえ利かない。その室井は遠慮なく町長の悪口を言い、町長は室井に対して無視を決め込んでいる。まるで職場に子供のガキ大将グループが二つある感じだった。

「この島はいまだ戦時中だからね。小倉と八木の」そう耳打ちしてきたのは、食堂のパートのおばさんだった。弟が土建業を営む小倉武は現町長で、娘婿《むすめむこ》が同じく土建業を営む八木勇は前の町長だ。

「もう六十年は続いとる。早い話が土建屋同士、公共工事の奪い合いよ」おばさんはうれしそうな顔で言うと、アニメの犬のように肩を揺すってククと笑った。

おばさんの話によると、島の町長は戦後ずっとこの二つの一族のどちらかが務めていて、交代があるたびに、あらゆる主従関係が逆転するらしい。八木が町長のとき、室井は土木課長で、磯田は給食センターに飛ばされていた。かつては助役から清掃課の平職員にまで落とされた例もあるそうだ。公共工事の発注は当然のように身内になされ、敵対する側は孫請けに甘んじることとなる。その報復合戦は果てることがない。

「それでいいんですか？」良平が眉をひそめると、おばさんは「いいも何も、これが伝統じゃからしょうがない」と、意に介そうとしなかった。

ちなみにそのおばさんは小倉派だ。その理由は亭主が漁師で、小倉は漁協に補助金をばら撒いてくれるからだと、悪びれるふうでもなく言っていた。

そんな島の選挙が、いよいよ始まったのである。


「こらあ、宮崎。東京からの出向だからっちゅうて、高みの見物は許さんぞ」

居酒屋「お多福」で、良平は酒の入った磯田に耳を引っ張られた。仕事を終えて帰ろうとしたとき、駐車場で拉致されたのだ。

「そうじゃ。東京者《もん》は過疎地の選挙がわかっとらん。棄権なんてのはもっとも卑劣な行為じゃ」

漁協の塚原に赤い目でにらまれる。この島の人たちは、千寿町も東京なのに本州にある都を東京と呼ぶ。海に遠く隔てられているせいで、都民の意識がないのだ。

「棄権するなんて言ってないじゃないですか」良平は及び腰で言った。もう一時間以上にわたって責め立てられている。

「じゃあどっちに入れる。小倉先生か。八木のクソジジイか」

「それは双方の政策を聞いて、納得のいくほうに……」

「あほう」今度は、後援会会長で土建会社経営の岩田社長に頭をたたかれた。「政策なんてもん、あるかい」

「政策がないって……」

「いいか？　小倉先生は港湾の整備をする。八木のヌケサクは農業試験場を建設する。それだけのちがいじゃ。何を青臭いことをゆうちょる」

「そんな……。だったら二年しかいないぼくは蚊帳《かや》の外じゃないですか」

「そうはいかん。一票は一票じゃ」

「うん、うん」

三人が怖い顔でうなずいている。

良平は深くため息をついて、皿の料理をつまんだ。海に囲まれているだけあって、魚はどれも新鮮だ。その間にも次々と酒が注がれ、ほとんど強制的に飲まされる。

「でも、ぼくの一票なんてたかがしれてません？」良平が遠慮がちに発言した。

「だから前にも言ったろう。この前の選挙は五票差の辛勝じゃ。わしら肝《きも》を冷やしたぞ。危うく八木のボケナスに続けて天下を獲《と》られるところじゃった」磯田が空の銚子を持ち上げ、厨房に向けて振った。「ここ、酒追加な」

「磯ヤンはな、八木が町長だった四年間、給食センターでしゃもじを振るっとったんじゃ。わかるか？　五十男が小中学生の昼飯をこさえとったんやぞ」

塚原が身を乗り出し、顔を赤くして言った。

「わしの話も聞け」岩田社長が割って入る。「わしはな、八木時代の四年間はずっと孫請けのゴミ仕事ばかりやった。売り上げ半減どころじゃないで。ユンボを抵当に入れて借金生活じゃ」

岩田社長は当時を思い出したのか、腹立たしげに吐き捨てた。この男の妻は小倉の妹らしい。つまり身内だ。

「しかしですね。となると八木陣営は現在そういう境遇にあるわけで、どっちもどっちと言うか、そろそろ和解策を見出したほうがいいのではないかと……」

「ふざけるな。戦争は勝つか負けるかじゃ」

「八木のチンカス野郎は情けをかけるような男とちゃう」

「そう。まったく八木のクソタレは……」

三人が口々に対立候補を罵《ののし》る。聞いた話では、かつて両派の抗争に嫌気が差した島の若者が立候補したことがあったそうだ。けれど百票と集められず、おまけに村八分にされ島を離れたらしい。決戦は島民の総意なのだ。

「ちなみにですね、ぼくがどちらかの陣営についたとして、その人が負けるとどうなるんですかね」

良平が恐る恐る聞く。

「つらい残りの任期になるわな」

「そうそう。千寿山の登山道の整備とかな」

「ぼくは出向でしょう」困惑して声が裏返ってしまった。

「関係あるか。千寿は治外法権じゃ」

テーブルに酒が届き、また無理矢理飲まされることになった。だんだん頭が痺《しび》れてくる。

治外法権か――。良平は口の中でつぶやいた。先日、都庁の元上司に電話で現在の窮状を訴えたが、「そうか、始まったか」と笑うだけで相手にされなかった。不正は当たり前。小倉も八木も贈収賄で逮捕が一回ずつ。東京都はさじを投げているのだ。

「宮崎よ、ところで明日来る医者っつうのは住民票を移すのか」と磯田。

「室井課長にも同じことを聞かれました。二ヶ月任期なので移さないと思います」

「例によって自治医大からの派遣か」

「いいえ、今回は民間です。伊良部総合病院というところで、看護師も一緒に来るそうです」

「ほう。奇特《きとく》な人たちもいたもんだ。早速歓迎会を開かんとな」

きっと小倉派と八木派で二回の宴会が開かれるのだろう。

「ぼく、もうそろそろ失礼したいんですが」良平が腰を浮かしかける。

「あほう。これを空けるまでは帰さん」

岩田社長に襟をつかまれた。どんぶりに酒をなみなみと注がれる。見ているだけで気持ちが悪くなった。

「さあ、グーッと空けんかい」

帰りたい一心で、どんぶりに口をつける。半分飲んだところで、体がぐにゃりと曲がった。

「なんじゃい、最近の若い者《もん》は――」磯田の言葉が最後に聞こえた。

2

翌日は快晴だった。風もなく波も穏やかだ。千寿港の上空には海鳥の群れが舞っていて、ミャーミャーと賑やかに鳴いている。その鳴き声が、二日酔いの頭に響いた。胃も重い。良平は昨夜、どうやって帰ったかも憶えていなかった。

沖合に赤と白の高速艇が見えた。白い水煙を上げて力強く近づいてくる。東京の竹芝桟橋を出港し、伊豆諸島をいくつか経由して、千寿島までは約三時間の行程だ。定期便は一日に四便だが、波が高いとすぐに欠航になる。台風など来ようものなら数日間は文字通りの孤島だ。

千寿島には町営の診療所がひとつあり、医師はほとんどが自治医大病院から短期で派遣されていた。島としては定住してくれる医師が欲しいのだが、過疎地の医療に燃える硬骨漢はなかなか現れず、数ヶ月でバトンタッチするのが近年の慣わしになっている。

いい人でありますように——。良平は派遣先から送られてきたファイルを見ながら思った。名前は伊良部一郎。年齢は三十七歳。専門は内科ということだ。

勤務先は伊良部総合病院。東京では名の知れた大病院だった。本人の名前からすると経営者一族かもしれない。となるとボランティア精神から名乗り出た可能性が高い。

汽笛を鳴らし、高速艇が港に入ってきた。桟橋に船体を接岸し、ロープが投げられる。良平もタラップを渡す作業を手伝った。

東京での用事を済ませた島民たちが次々と下船する。この季節、観光客はまずいない。ほとんどが顔見知りの中、一人、ダウンジャケットで着膨れした太った男が降りてきた。うしろにギターケースを担いだ若い女を従えている。

男はシャネルのマークが目立つ派手なサングラスをしていた。女にいたっては豹柄の毛皮のコート姿で、くちゃくちゃとガムを嚙んでいる。「何これ、ど田舎じゃん」男があたりを見渡し、不平たらたらといった体《てい》で言葉を吐いた。

乗客は十人足らずだった。島民たちは駐車してあった車に乗って次々と去っていく。港に残ったのは場違いな身なりの二人組だけだった。ということは……。

「あのう、伊良部先生ですか？」良平が顔をのぞき込んで聞いた。

「うん。そうだけど」子供のような丸い声が返ってきた。

あらためて見ると、新任の医師は、髪はぼさぼさで大柄な金正日といった風情だった。

「千寿町役場の宮崎と申します。二ヶ月間よろしくお願いします」良平は名刺を差し出し、丁寧に頭を下げた。

「やっぱ二ヶ月いないとまずい？」と伊良部。

「はあ？」

「二週間ぐらいにしてくれるとうれしいんだけどね」伊良部が歯茎をにっと見せる。「うちのおとうさんもなあ、医師会でいい顔をしたいものだから、息子を離島に送り込むなんて見え透いたパフォーマンスして――。こっちはいい迷惑だって」

頭を掻きながらぶつぶつ言っている。どうやらボランティア精神ではなさそうだ。ふくらんでいた気持ちが見る見るしぼんだ。

「ねえ宮崎さん。この島、レンタルビデオ店はあるわけ？」

「いいえ、ありませんが」

「じゃあプラモデル屋は？」

「ありません」

「ちぇ。じゃあ東京から送ってもらおっと」

「先生、いいかげん観念したら？」女がだるそうに口を開いた。「帰ったらポルシェ、買い換えてもらうんでしょ」あまり尊敬の念の感じられない態度である。

「あのう、看護師の方ですか？」良平が聞いた。

「そう。この子、マユミちゃん。一人じゃ淋しいから連れてきたの」伊良部が答える。

「日当三万でね」マユミという女がぞんざいに口を開いた。

マユミは会釈もせず、良平をじろりと見た。すこぶる感じは悪い。でも可愛いのでときめいた。島では出会いがまったくないのだ。

二人を車に乗せ、まずは診療所に案内する。海に面した丘の上の一軒家で、見晴らしは最高だ。都会から来てくれる医師へのせめてもの気遣い、と言いたいところだが、実際は風が強くて使い道がなく、地主だった小倉が町に買い取らせて身内の建設会社に造らせたに過ぎない。八木の時代なら八木の土地に建ったはずだ。

到着すると野良猫が集まってきた。いつもは人を警戒して近寄ってこないのに、なぜかマユミにまとわりついている。マユミは小動物に目を細めるでもなく、「しっしっ」と蹴飛ばしていた。

「へー、いいところじゃん」伊良部が建物を見上げて言う。気に入った様子なのでほっとした。中に入って設備を見てもらう。

「先生は内科がご専門でしたね」良平が聞くと、伊良部は「内科？　ううん」と首を横に振った。顎の肉がゆさゆさと揺れる。

「ぼくは神経科なんだけどね。宮崎さん、何か悩みある？　注射一本で治してあげるよ。ぐふふ」続けて気味悪く笑った。

「神経科？　書類には内科とあったんですが……」

「きっとうちのおとうさんがいいかげんに書き込んだんだよ」

「うちのおとうさん……？」

「いいよ、気にしなくて。心療内科って言い方もあるし」

「あのう、わたしは治療に詳しくないのですが、風邪をひいたり怪我をした場合には……」

「大丈夫、大丈夫。何でも診てあげるって。あはは」

伊良部が太鼓腹をぽんとたたく。良平は不安になってきた。

今回は引継ぎのミスから三日間、無医地区になってしまった。あわてて当局と連絡を取り、決まったのが伊良部なのだ。

「それでは次に、宿舎となる町営アパートにご案内します。実はわたしもそこに住んでるんです」

町営アパートは八木の町長時代、島外からの滞在者のため、八木の土地を買い上げて造られたものだ。

「ああ、そこはマユミちゃんだけね。ぼくは千寿山温泉ホテルに滞在するから。もう予約してあるんだ。いちばんいい部屋」と伊良部。

いちばんいい部屋といえば、二年前、石原都知事が来るというので改装した一泊十万円のスイートルームのことである。以後誰も宿泊したとは聞いていない。

「自費でそこに二ヶ月ですか？」

「もちろん」伊良部が軽い調子で言った。良平は戸惑うばかりである。

「ところで、宮崎さん。目が赤いね」

「あ、すいません。ゆうべ飲み過ぎて……」

「ぐふふ。じゃあ気付けに一本いってみようか。おーい、マユミちゃん」

「もうやるんですか？」窓辺でたばこを吸っていたマユミが、面倒臭そうに顔をしかめた。

「いいじゃん。棚にブドウ糖のアンプルが余ってるみたいだし」

良平が呆気《あっけ》にとられていると、注射台が目の前にセットされ、腕をつかまれた。シャツをまくられ、ゴムバンドで台に固定される。

「ええと、先生、これは……」

「サービス、サービス」伊良部が愛嬌たっぷりに目尻を下げた。

「いや、あの、その……」

マユミがコートの前をはだける。純白のミニスカートと、そこから伸びた生足が目に飛び込んだ。つい凝視してしまう。

「いててて」次の瞬間、注射針が刺さり、腕に痛みが走った。

黒い影が横から降りかかる。振り向くと、伊良部が興奮した面持ちで針の刺さった腕をのぞき込んでいた。

何なのだ、この人たちは――。良平は夢でも見ている気がした。

「しかし田舎だなあ」伊良部が窓の外を見やって言った。

「ええ、まあ。人口二千五百人の島ですから」

「患者なんか一日一人じゃないの？」

「いいえ。高齢者が多いので午前中は待合室がいっぱいになります。いまやこの島は人口の二十パーセントが六十五歳以上です」

「ふうん、年寄りか。皺《しわ》くちゃに注射打ってもいまいち燃えないんだよね」

大きなあくびをして、首のうしろを手で揉《も》んでいる。

そのとき、道路の方角からスピーカーの大音量が響いてきた。「小倉武！　小倉武をよろしくお願いします！」ウグイス嬢ならぬ支持者のおばさんが絶叫している。今日から選挙戦が始まったのだ。「ここしばらくは騒々しくなりますが」と伊良部にその旨を伝えた。

「そうだ。学校の予防注射があるんだ」伊良部が人の話も聞かず、指を鳴らした。

マユミは窓から侵入してきた野良猫を捕まえて、「うりうり」と注射針を顔に近づけては脅していた。彼らのマイペースぶりに、ますます不安になる。

いいか、二ヶ月だから——。良平はそう思うことにした。どうせ年寄りたちは、町の補助金で頻繁に東京の大病院に通っているのだ。島の診療所は社交場に過ぎない。

伊良部とマユミが猫に注射をし始めた。二人で舌なめずりしている。

「先生、ちゃんとおさえてて」

「いたっ。ひっかかれた。くそう」

いつの間にか猫が部屋に何匹もいて、いっせいに悲鳴を上げた。


午後、町役場に戻って仕事をしていると室井に廊下へ呼ばれた。「ちょっとスポーツセンターまで行くぞ。おまんも一緒じゃ」有無を言わさぬ口調だ。用件は想像がついた。スポーツセンターには町のレクリエーション協会があり、前町長の八木が会長に収まっている。そこで支持を強要されるのだ。

抵抗する間もなく、室井の車で連行される。後部座席には清掃課の小林課長も同乗していた。

「小倉のボケ、ペンション村の連中を抱き込みやがった。森に続く道に街灯をつけるって約束だとよ」小林が身を乗り出して言った。「夫婦五組で十票じゃ。こらあ痛いぞ」

「そいつら脅せんか。八木先生につかんとダイバー客から環境保護費を取るぞって」

「そうはいかん。旅館組合を敵に回す」

「あいつら町の農地で自家菜園までやってるくせに」

二人で有権者を罵っている。黙っていると、味方でもないのに「おまんも知恵を出せ」とどやされた。

スポーツセンターに着いて、車から降ろされる。花壇で若い女が草刈りをしていた。室井を見つけ、明るく手を振った。

「あの娘はわしの姪《めい》っ子じゃ。八木先生の時代に百万積んで役場に入ったのに、一年と経たんうちに政権交代でこのザマじゃ。わしは親戚に顔が立たん」室井が唇を噛んでいる。

「百万積んだって、それ、汚職じゃないですか」と良平。

「おまんはすぐそうやって東京風を吹かす」うしろから小林に頭をつつかれた。「郷に入れば郷に従えじゃ。甘いことゆうとると寝首かかれるぞ」

玄関をくぐると八木の胸像が出迎えた。税金をふんだんに使ったスポーツセンターは八木が町長時代に建てたものだ。選挙に落ちるとここで幽閉生活を送ることになる。もっとも小倉も、町長の座を追われれば、自分の建てた漁協会館で物産センター長として過ごすことになる。どっちもどっちなのだ。

会長室に連れ込まれ、八木の前に座らされた。「おお、あなたが都庁から来た宮崎君ですね。顔は知っていましたが話すのは初めてですね。ほっほっほ」頭のてっぺんから抜けるような甲高い声を発する。良平はお面のような笑顔に圧倒された。おそらく半世紀をかけて形作られたものだろう。痩せていて鶏のガラを連想させる風貌だ。

「今回はわたくしにご協力いただけるそうで、非常に心強く思っています。ほっほっほ」

「えっ？　いやぼくは――」

驚いて否定しようとしたら室井に背中をつねられた。痛みに顔をゆがめる。

「宮崎君は大丈夫です。農業に理解を示す人間ですから、八木先生の農業試験場建設には大賛成です」

「そうですか、そうですか。ほっほっほ」立ち上がって握手を求められ、つい応じてしまった。

「それではわたくしは選挙演説に出かけなければならないので、あとは後援会の会長と話してください」

八木が秘書を従え、部屋から出て行く。「あ、あの……」伸ばした手が空を切り、目の前に後援会会長で土建会社経営の徳本社長が立ちはだかった。薄い眉に鋭い目。赤ん坊が泣き出しそうな人相の持ち主である。

「おい宮崎君。話は聞いとるぞ。まだ態度をはっきりせんようじゃな」

表情を崩しながらも脅すような物言いだった。肩を押さえ込まれ、再び応接セットで向き合う。両脇を室井と小林にはさまれた。

「おまんの一票も大事じゃが、それ以上にやってもらいたいことがあるんじゃ」徳本社長が言った。

「何でしょうか……。あ、いや、引き受けるという意味ではなく」

「観念せい」室井に言葉を遮《さえぎ》られる。

「おまん、敬老センターに出入りしとるそうじゃな。年寄り連中のうけもいいと聞く。そこでだ……」徳本社長がしわぶいた。「ひとつ票の取りまとめをやってくれ。ジジババの票は毎回馬鹿にできん。おまけに大半が浮動票じゃ。餌をまけば必ず乗ってくる」

「いや、それは……」良平は恐々《こわごわ》かぶりを振った。「公職の身でそのようなことは……」

「だからみんなやっとるってゆうとろうが。小倉なんぞ教育課長を使者にして、学校の視聴覚室をホームシアターにするっちゅうて赴任中の教師どもを抱き込もうとしとる」小林が気色ばんで言った。

「やめましょうよ、そういうの。税金の無駄遣いですよ」

「おまんはすぐそうやっていい子ぶる。敵が核ミサイルを用意しとるというのに、竹やりで戦うあほうがどこにおる」と室井。

ふと見ると、テーブルに茶封筒が置いてあった。いやな予感がする。

「ほれ、軍資金じゃ」徳本社長が封筒に手を乗せ、すっとこちらへ滑らせた。「受け取らん場合は敵とみなす」

「そんな。許してください」良平は青い顔で懇願した。

「敵となったら容赦はせん。八木先生が当選した暁《あかつき》には、おまんには絶対に冷や飯を食わす」

「ぼくは出向ですよ。都庁に報告しますよ」か細い声で訴える。

「ふん。無駄じゃ。東京は、都立高校を廃校にして空港建設計画を取り下げたときからこの島には借りがあるんじゃ。早い話が切り捨てよった。今じゃ遠慮して物もよう言わん」

徳本社長が立ち上がり、テーブルを脇にどけた。何をするかと思えば、膝をつき、土下座した。それを見た室井と小林もあとに続く。「頼む。宮崎君、わしらを助けてくれ」三人で床に頭を擦《こす》りつけた。

良平は度肝を抜かれた。「いや、そんなの、困ります」思わず自分も床に正座し、頭を下げた。顔中に汗が噴き出てくる。

「おまんが味方についてくれんと、わしらはまた四年間、下僕《げぼく》の身じゃ」と室井。

「お願いです。勘弁してください」

「後生じゃ。わしらを助けてくれ」と小林。

十分近く土下座の応酬が続いた。頭に血が昇り、気分が悪くなった。

「こうなったら――」最後は三人に羽交い絞めにされ、無理矢理封筒をポケットにねじ込まれる。

血走った目をした中年男たちを見ていたら、抵抗するのが怖くなった。生活がかかっているとは、きっとこういうことなのだろう。人間がルールを守るのは、自分に害が及ばないときだけだ。

胃が痛くなった。明日は伊良部のところへ行って薬をもらおうと思った。外に出ると、青く晴れ渡った空でトンビが優雅に輪を描いていた。

3

海の見える丘の診療所は初日から大繁盛していた。島の老人たちが、待ち構えていたかのように通院を開始したのである。なぜか野良猫たちも玄関先に溜まっている。中に入ると、「やあ宮崎さん、いらっしゃい」と伊良部がのんびりした声で出迎えた。白衣を着たデブが、大きな一人掛けソファに座っている。昔いたどこかの教祖みたいだ。

「先生。そのソファ、どうしたんですか？」

「ホテルにあるやつを借りたの。事務椅子は味気なくってね」

「はあ……」

看護婦のマユミはミニの白衣を着ていた。外来患者のオババに注射を打っている。胸の谷間がのぞき、思わず生唾を飲み込んでしまった。

「これは何の注射じゃの」オババが聞き、マユミは「いいの、いいの」とぞんざいにあしらっていた。

「先生、神経痛がひどくなったんじゃがな」

「縁側で日向《ひなた》ぼっこでもしたら？」伊良部が鼻毛を抜きながら答える。

「それで治るかの」

「治る、治る」

軽い調子で言うと、オババは眉をひそめて診察室を出て行った。

「先生、何か不自由な点はありませんか？」良平が聞いた。

「夜が暗い。コンビニがない。テレビの映りが悪い」口をとがらせて言った。

「いいえ、診療所のことで」

「そうだなあ……」伊良部が太い首をぽりぽりと掻いて答えた。「CTスキャナーが欲しいかな。あるとかっこいいし」

「ご冗談を。島にそんな予算はありません。使うには人手だっているでしょう」

「なんなら業者に提供させてもいいけどね。最新機のモニターってことで」

「じゃあそうしてください」まともに取り合うのが馬鹿馬鹿しくなった。

次の患者が入ってきて、症状も聞かれずに注射を打たれていた。島の老人たちは疑うことを知らないので伊良部の言うままだ。

「またうるさくなったのう」オババが誰にいうでもなく話しかけてきた。「今度は小倉が勝つか、八木が勝つか。ひひひ」町長選挙を面白がっている口ぶりだった。

伊良部は事情を知らないので、良平が説明してやった。「ふうん」と伊良部。さして関心がない様子だ。

「ところで、敬老会のみなさんはどちらを支持してらっしゃるんですか？」

良平がオババに聞いた。室井たちの話では毎回浮動票と言うことだ。

「最後に決める」オババがやけに力強く言った。「わたしらはいつもそうじゃよ」意味ありげに笑っている。

「ほうれ、外に出てみい。東京からの若い衆よ。丁度選挙カーが回ってきたぞ」

通りから街頭宣伝の声が聞こえてきた。小倉と八木の両方の名前が聞き取れる。どうやら両陣営の車が一度にやってきたらしい。

待合室にいた老人たちがぞろぞろと外に出ていった。注射を終えたばかりのオババも曲がった腰で駆けていく。「ほれ、先生も看護婦さんも宮崎さんも、急いで外に出てこい」手招きされ三人で従った。

玄関先の芝生の上でみんなが待ち構えている。声の聞こえる方角でわかった。右から来るのが小倉陣営、左から来るのが八木陣営だ。それぞれが名前を連呼している。ただ、通常の選挙カーの往来とは雰囲気がちがった。まるで祭りの山車《だし》のように、声も音も大きいのだ。どうやら双方とも車が複数台あるらしい。

老人たちが首を伸ばした。「ヤマさんは小倉、おキョウさんは八木を数えてくれ」誰かが指示を出す。そこへ両陣営の選挙カーが姿を現した。「小倉武！　小倉武！」「八木勇！　八木勇！」フルボリュームでがなりたてている。たちどころに付近は騒音の渦となった。

選挙カーのうしろには、それぞれ一般車両がパレードのように何台も連なっていた。中に乗っているのは島民だ。その車の列が診療所の前ですれちがう。「イーチ、ニーイ」老人たちが台数を数えはじめた。

「こらァ、小倉の手下ども。月夜の晩ばかりとちゃうぞ」八木陣営が怒鳴る。

「何をぬかすか、八木のアホウどもが。おまんら今回も返り討ちじゃ」小倉陣営が負けじと怒鳴り返す。

良平は言葉を失った。普通ならエールの交換をするのがマナーである。日本全国どこでもそうだ。この千寿島では罵り合いだ。比喩ではなく、戦争なのだ。

八木陣営の車の列の最後に、清掃課の小林がいた。「宮崎、頼むぞ」と大声が飛んだ。良平が反射的に会釈する。次の瞬間、逆方向から来た小倉派の磯田と目が合った。険《けわ》しい目でにらみつけられる。公務員がなぜ勤務時間中に、とは思わなかった。もう慣れたのだ。

あとで磯田に難癖をつけられるなあ。良平は暗い気持ちになった。昨日押し付けられた封筒には三十万円もの金が入っていて、それは今も仕事用リュックの中にある。

「小倉は七台」

「八木も七台」

「なんだ、まだ互角か」

老人たちが集まって話していた。

「何のことですか?」良平が訊ねる。

「双方の車の数じゃ。この島の選挙ではな、支持者が候補者のあとを車でついて回るんじゃ。それで勢力を競い合うという昔からの慣わしよ」

一人のオジジが答えてくれた。先程のオババがあとを引き継ぐ。

「わたしらは最後の最後まで待って勝ち馬に乗る。前回は定期船の無料パスを条件に小倉についた。ひひひ」

良平は脱力した。この島の選挙で正義は通用しない。

「なんだか面白そうだね」見物していた伊良部が言った。

「先生はこっちに住民票がなくてさいわいですよ。ぼくなんか移したばかりに……。ああ、そうだ。あとで胃薬を処方してもらえますか」

「うん、いいよ。ついでに注射もね」

そこへまた車が現れた。今度は一台だが大きなエンジン音を轟かせている。島では見たこともない黄緑色のポルシェが敷地に入ってきた。背広姿の若い男が降りてくる。「伊良部先生、お届けにあがりました」元気のいい声を発した。見るからに一流企業の営業マンといった感じだ。

「ご苦労さん。そこに置いといて」

訝《いぶか》っている良平に、伊良部は「これぼくの愛車。フェリーで運んでもらったの」と説明した。

続けて別の車が来た。今度はレンタカーの軽自動車だ。また男が降りてきて、伊良部に深々とお辞儀をした。

「先生。お電話いただいたガンダムのＤＶＤ全巻、持ってまいりました」

三台目も来た。

「先生、ご注文の村上開新堂のクッキー、受け取ってまいりました」

良平が呆気にとられていると、伊良部が得意ぶるでもなく言った。

「この人たち、製薬会社の営業マン。いわゆるＭＲってやつ。ぼくがこの島に派遣されたものだから、追いかけて薬の売り込みに来たわけ」

「はあ、そうですか」

それにしては、ガンダムとか、クッキーとか……。老人たちはポルシェが珍しいらしく、取り囲んで中をのぞいていた。

「せっかく来たんだから、中でお茶でも飲んでいってよ。おーいマユミちゃん。コーヒーたくさんね」

「この人たちにいれさせたらどうですか？」心から面倒臭そうに言う。マユミはいつも不機嫌だ。

「じゃあわたくしが」男たちが我先にと診療所へ駆け込んでいく。

「わしらもいただこうか」「うん、うん」と老人たちが移動した。野良猫の一団も中へ入っていった。

そのときケータイが鳴った。出ると土木課の磯田だった。すぐに漁協に来いとの命令だった。

きっと八木派の小林に頭を下げたことを詰問されるのだ。胃がきりきりと痛んだ。吐き気まで催してきた。

「おまん、室井や小林とできちょるんか」

漁協の物産センターに出頭すると、いきなり磯田に胸倉をつかまれた。小倉派の面々に囲まれ、やくざのように凄《すご》まれる。会長室には現町長の小倉がいた。八木とは対照的に丸々と太った布袋《ほてい》様を思わせる風貌だ。ただし型にはまった笑顔だけは共通している。この場にいるとまずいと思ったのか、「宮崎君、頼みましたよ。ひょひょひょひょ」と奇怪な笑い声を発して部屋を出て行った。

「あの、みなさん。仕事はいいんですか?」と良平。

「話をそらすな。清掃課の小林に『宮崎、頼むぞ』と言われて、おまん、うなずいておったろうに」

「あれは礼儀として会釈しただけで……」

「うそをつけ。おまんは寝返ったんじゃ」

「寝返ったって……」良平の声が尻すぼみになる。どちらの側にもつくつもりはないのに。

漁協の塚原が勝手に良平のリュックを調べていた。封筒を発見される。「あ、それは」手を伸ばしたがはねられ、中の三十万円が見つかった。

「これは何ぞ」それを見た磯田が顔を真っ赤にして怒り出した。「おまんは金で魂を売るような男やったんか」思い切り首を揺すられた。

「ま、ま、待ってください。それは無理矢理押し付けられたもので、機を見て返そうと……」

「詳しく言え！」

仕方なく一から説明する。敬老会を買収する資金だということも白状させられた。

「よおし、ならばいい。どうせ後援会の徳本に土下座でもされたんじゃろう。あいつの額にはタコがあるって話だ。この金はわしらが責任を持って返しちゃる」

磯田が封筒をポンとソファに放った。不安がこみ上げる。

「本当に返してくれるんですよね」

「誰がネコババなんかするかい。今夜にでも徳本の家のポストに投げ込んでくれるわ。それよりな、宮崎よ」急に口調が柔らかになった。「敬老会のことなら、わしらも君に頼もうと思うておってな」わざとらしく目尻を下げた。

別の男が机の引き出しから茶封筒を取り出す。磯田がそれを受け取り、良平の目の前に置いた。やけに厚みがある。胸の中で灰色の空気がふくらんだ。

「八木はシブチンじゃ。三十ではおまんの手間賃も出ん。こっちは五十じゃ。温泉ホテルで宴会でも開いて、敬老会の要求を探ってくれ」

「そんな。ご自分たちでやればいいじゃないですか」良平は顔をゆがめ、後ずさりした。

「島のジジババはすっかり知恵がついた。わしらの言うことは容易に聞かん。おまんみたいなヨソ者のほうがいいんじゃ」

口が利けないでいると、漁協の人たちに左右から体を押さえられた。

「何をするんですか」

「わかっとろうが。向こうでも言われたんじゃろう？　受け取らんと敵とみなす」

上着の内ポケットに封筒を押し込まれた。そのまま担がれ、建物の外へと放り出される。事の成り行きが信じられなかった。

「宮崎、小倉につけ。絶対に損はさせん」

「頼む。最低でも三十票、まとめてくれ」

最後は、男たちに手を合わせて拝まれた。八木陣営同様、必死の形相だった。

ふと、自分は世間知らずの青二才なのではないかという反省の気持ちが湧き起こる。そんな馬鹿な。自分は間違っていない。

男たちのなりふり構わぬ戦いぶりに、良平は途方に暮れるばかりだった。

4

本格的に腹の調子が悪くなった。胃が痛いばかりか、下痢まで併発した。原因はわかっている。リュックの中の五十万円だ。

役場では室井も磯田も素知らぬ顔を通していた。ただ、磯田が八木陣営の三十万円を昨夜投げ返したはずなので、室井たちが黙っているはずはない。

だから昼休みになるや良平は役場を抜け出し、車を飛ばして診療所に行った。そこしか避難する場所が思いつかなかった。

行くと大型のトラックが停まっていて、白い大きな機械が運び込まれていた。CTスキャナーだ。

「先生。どうしたんですか？」

「だからさ、メーカーに電話で頼んだの。しばらく貸してくれって」伊良部がこともなげに言った。「うちはいろいろ面倒を見てあげてるからね。系列の病院への納入の口利きをしたり」

「はあ……」

伊良部総合病院の名前は都庁時代から聞いていた。戦前から続く名門で、政治家も都合が悪くなるとよく逃げ込んでいた。

「先生。設置完了いたしました」業者らしい男が駆け寄ってきた。「ひとつ、大学付属病院の新病棟建設の際にはぜひとも院長先生のお力で……」深々と頭を下げる。

「うん、おとうさんに話しておく」伊良部は満足そうだ。

正体不明だなあ。目の前の男がマフィアにでも見えてきた。

CTスキャナーは空いている病室に設置され、たちまち老人たちが群がった。「これは手術台か」「いいや、輪切りに写るレントゲンじゃ」「輪切りにされるんかい」口々に騒いでいる。

マユミが足元の猫をつまみ上げ、台に乗せた。台の部分が電動でスライドする。「おおー」老人たちが驚きの声を上げた。そして五分後、レントゲンのフィルムが焼きあがった。ビューワーの前に老人たちが集まる。

たちまち順番待ちの列ができた。伊良部が「ただにしてあげる」と言ったからだ。

「先生、いいんですか?」

「平気、平気。モニターだから」

老人たちは大喜びだった。祭りのようにはしゃいでいる。

「伊良部先生はいい先生じゃ」

「お茶も出るし、お菓子も出るし」

勝手にお茶をいれ、クッキーの缶を開けて食べていた。診療所がほとんどサロンと化している。

「先生、それはそうとおなかの調子が悪いんですけど」良平が訴えた。

「そういえば昨日も言ってたね。病死した鶏でも食べた?」

「食べるわけないでしょう。とにかく診てください」

CTスキャナーで遊ぶ老人たちを横目に、診察室で向き合った。ここで伊良部が神経科医であることを思い出す。渡りに船とはこのことだ。良平が聞いた。

「大きく分けると原因は人間関係のストレスなんですが、こういうときってどうすればいいんですかね」

「一人になるといいんじゃないの。アパートにひきこもるとかさ」

伊良部が鼻をほじりながら答えた。ソファで胡坐《あぐら》をかいている。

「あのですね、わたしは毎日仕事があるんですよ」

「じゃあ仕事を辞める」

良平は眉をひそめた。これは冗談なのか、カウンセリングの一種なのか。

「どっちにしろ、ストレスを抱えて頑張るなんてのはナンセンスだね。流される、それがいちばん。おーいマユミちゃん。昼の仕出し弁当、まだ？」

マユミに弁当の催促をしていた。

「流される……」

良平は虚を衝《つ》かれた気がした。考えたこともなかった。それはつまり、どちらかの陣営に買収されてもいいということなのか。確かに自分は杓子《しやくし》定規なところがある。島のしきたりと言われても、納得できずに抵抗してきた。いや、しかし……。

そこへホテルから弁当が届いた。わざわざ作らせたらしい。お重をのぞくと、刺身の造りや煮物が豪華に盛り付けられていた。五千円はしそうだ。

「ハンバーグがいいなあ。明日はハンバーグね。目玉焼きを載せて」

従業員に注文をつけている。たいした金満家である。

「ところで先生、千寿島の選挙運動については何か聞いてますか？」

良平は思い切って選挙の話題を振ってみた。島民相手には話しづらく、誰かに聞いて欲しかったのだ。

「ううん。詳しいことは知らない」伊良部が弁当を食べながら首を横に振った。

「毎回、二人の候補が立って、島を二分する激しい戦いになるんですけどね。その戦い方が尋常じゃないんです」

「ねえ、宮崎さん。ニンジンいる?」箸でつまんで蓋に出す。

「いりません」良平は脱力してうつむいた。

「で、現金でも飛び交うわけ?」

「まあ、実はそうなんですが……」

「一票いくら? 十万円とか?」ゴボウも蓋に出していた。

「まさか。そんなには出ませんよ。ただ、票をまとめればそれなりの謝礼はあるみたいですね。たとえば、敬老会を支持者にしたら五十万円とか……」

具体的なことも言ってしまった。溜まったものを吐き出したい気分なのだ。

伊良部が箸を止める。「じゃあさ、たとえば、ぼくが毎日来る患者の票を何十人分かまとめたら、五十万円もらえるんだ」興味津々《しんしん》といった目をした。

「そりゃあそうなるかもしれませんが……。先生はお金持ちでしょう」

「ううん。島で使うお金はうちの病院に請求書が行くだけ。ここのところ使い過ぎたから、小遣いはうちのおかあさんに管理されてる」

「うちのおかあさん……?」

「そうかあ。五十万円かあ」伊良部が御飯を頬張ったまま言った。「おーいマユミちゃん。待合室のみんなにお茶でもいれて」米粒が床に飛ぶ。

「勝手に飲んでますよ。クッキーもなくなりかけてます」

マユミは窓辺の椅子に腰掛け、だるそうにサンドイッチをつまんでいた。数匹の猫が膝や肩に乗っている。

「ちなみに先生、どちらかの候補者からお金を渡されたら、受け取ります？」

「当たり前じゃん」

「それって法律に違反するんですよ」

「発覚すればでしょ？　何よ、宮崎さんは断るわけ？」

「だってわたしは公務員ですよ」

「信じられない」異星人でも見るような目をされた。

良平は、伊良部の確信的な発言につい考え込んでしまった。自分は堅物なのだろうか。

伊良部が弁当を食べ終わり、楊枝《ようじ》で歯をつついていた。

「先生、それはそうと診察のほうを……」

「ああ胃腸ね。じゃあ注射。それから薬をあげる」

マユミに注射をされた。胸の谷間に目が吸い込まれる。足を踏まれ、顔を上げると、マユミが「ふん」と鼻で笑っていた。こっちも理解に苦しむ女である。

「宮崎さんは都からの出向なんでしょ。あと何年？」伊良部が聞いた。

「あと一年と三ヶ月です」

「それで人間関係に悩むわけ？　めでたい人だなあ」屈託なく笑って言った。「何をしたって一年と少しでアカの他人じゃん。ぼくならモヒカン刈りで役場に通うね」

「そんな、むちゃな」

「一度やってみたかったことをやればいいのよ。出向の恥はかき捨てって言うじゃん」

「言いません」良平はなんだか徒労感を覚えた。

診察室を出ると、老人たちがCTスキャナーの業者をつかまえて順にレントゲンを撮っていた。年寄りにはいい遊び道具だ。きっと明日には評判になり、もっと人が増えるのだろう。

手に持ったリュックを見る。五十万円か——。吐息が漏れた。伊良部なら平気で受け取るのだろう。そして島の人たちも、悪いことだとは思わない。ここでは自分一人だけが異質なのだ。

車で役場に向かうとき、八木の選挙カーと擦れ違った。昨日より行列が長くなっていた。エプロン姿のおばさんが窓から身を乗り出し、箱乗りをしていた。そのまま駐在所の前を過ぎる。選挙期間中は、警察もすべて見て見ぬ振りをするようだ。


その晩、町営アパートに帰ると、教員をはじめとする独身の島外者が一部屋に集められ、八木派の徳本社長たち数名が酒と寿司を振舞っていた。ドアが開いていたので廊下から何気なくのぞく。当然のように引っ張りこまれた。

「おお、宮崎君。君からも働きかけてくれ。次の町長はやっぱり八木先生じゃろう」

「いや、その……」徳本社長に言われ、冷や汗が出た。確か三十万円は磯田が投げ返したはずだ。

「この宮崎君は、八木先生の政策に大いに賛同してくれていてな」

徳本社長は酒が入って上機嫌だった。

良平は眉をひそめた。賛同……？　もしかして金は返してないのか？　そうでなければこの対応はない。

磯田の顔が浮かび、怒りがこみ上げた。何が「誰がネコババなんかするかい」だ。この島では誰も信用できない。

「どうだ。宮崎君も海外視察に同行せんか。春にニュージーランド旅行だ。現地の役所を表敬訪問して、教育現場を見て、自由時間はバンジージャンプじゃ」

住人たちの顔を見渡すと、みんな苦笑してはいるものの、拒絶する様子はなかった。

徳本社長の隣にいたのは東京の旅行代理店の社員だった。島民の慰安旅行から修学旅行まで、契約の成否が選挙にかかっているので、彼らも必死のようだ。

徳本社長たちが引き上げたあと、良平はアパートの住人たちに聞いてみた。

「みなさん、八木派についたんですか？」

「ついたってほどじゃないけど、まあ、今のところ海外視察の話には乗るかな」いちばん年長の男の教員が言った。「棄権するくらいなら、どちらか選んだほうがいいし」

「そうそう。小倉派も来たけど、視聴覚室にサラウンド・システムを入れるったってねえ。わたしは来年いなくなるし」

女の教員が髪を一振りして言う。罪の意識は微塵《みじん》もない様子だ。そんな良平の表情を読み取ったのか、島へ来て三年という農業指導員が口を開いた。

「宮崎君の気持ちはわかるよ。おれも最初は思ったよ、この島の勢力争いはいくらなんでもひどいって。でもさ、全員が汚れてるんだから何を言っても無駄なのよ。小倉も八木も同類でしょ？　狐を選ぶか狸を選ぶかの選挙なわけ。おまけに島民はそれでよしとしてるんだから、ぼくらヨソ者に出る幕はないんじゃない？」

「まあ、そうかもしれませんが……」

「ちなみに宮崎君はどっちに入れるわけ？」

「決めてません。というより、両陣営から責め立てられてます」

「そりゃあお気の毒」農業指導員がおかしそうに肩を揺すった。「役場内はとくに熾烈だって言うからね。でも勝てば完全な天下らしいよ。カラ出張は町長一派しか認められないし。各種勤務手当も、反対派は無視されるけど、町長一派は雨が降っただけで〝雨天出勤手当〟が付くんだって」

なるほど、みんな目の色を変えるはずだ。四年間も給与に大きな差が出るとなれば。

「前回の選挙のときは、出向中の職員が小倉町長の票をまとめて、その功績で任期中は助役補佐だったね。彼には後援会からクラウンが無償貸与されて、しかも運転手は八木派の課長。あはは」

聞いてますます憂鬱になった。おまけに住人たちの態度を見て孤独も深まった。みんな自然に流されている。抵抗は無駄と割り切っている。

やはり自分だけが堅物なのか。伊良部が言うように流されたほうが利口なのか。

退室して自分の部屋に戻ると、すぐ上のマユミの部屋からエレキギターの爆音が聞こえた。メロディはなく工事現場のようなノイズである。おまけにドンドンと床を踏み鳴らしている。我慢できそうにないので、二階へ行ってドアをノックした。

短パンにタンクトップ姿のマユミが出てきた。「なんか用?」上気した顔で怒ったように言う。

「すいません。もう少し音をですね……」

「わかった」

目の前で音を立ててドアを閉められた。

さすがに腹が立った。でもピンクに染まった胸元が目に焼きつく。夢に出るといいなと、そんなことも思った。

5

翌日、室井が外出しているすきを狙って磯田を駐車場へ呼び出した。

「なんな、宮崎。おまんもやっとわしらに積極的に加担する気になったか」磯田がにやついて言う。

「磯田さん、例の三十万円、徳本社長に返してないでしょう。正直に答えてください」良平は目を吊り上げて抗議した。

「ああ、そのことか。実はおまんのことを思ってな、返すのは先延ばしにした」

「ぼくのことを思って？」

「そう怖い顔をするな」相好《そうごう》をくずし、良平の頬を気安くたたいた。「早速返しちまったら、おまん、また八木派に拉致されようぞ。そうなったら地獄の責め苦じゃろう。そこでわしらは考えた。八木派には、宮崎良平は味方だと思わせておく。そして最後に金を投げ返してケツをまくる。どや。ええ計画じゃ。礼はいらんぞ」

「いや、それは……」

「おまんは『いや、それは』ばっかじゃのう。それでも男か。キンタマはついちょるのか。それより早う敬老会を集めて料理でも振舞わんかい。選挙戦は短いぞ」

言いたいことはいっぱいあるのに、言葉が出てこなかった。確かに今金を投げ返したらやっかいなことになる。しかしこのまま黙っていたら、八木派を騙《だま》すことになる。

そこへ清掃課の小林が粗大ゴミの回収から戻ってきた。課長職でも現場に出されるのが報復人事の恐ろしいところである。

「ほな、頼むで」磯田が良平の肩をたたいて去っていく。入れ替わりにトラックから降りた小林が怖い顔で近づいてきた。

「おい、磯田と何の相談じゃ」

「別に、なんでもありません」あわててかぶりを振る。

「どうせ寝返れという脅しじゃろう」建物に消えていく磯田の背中をにらみつけていた。「ふん、馬鹿め。宮崎は実弾を受け取ってとっくにこっちの味方じゃ」

良平の腹がガマガエルのように鳴った。胃腸不良は本格的だ。

「それはそうと、今しがたゴミを回収に行って、温泉ホテルのマネージャーからどえらいネタを仕入れたぞ。今度来た医者の伊良部先生な、あのお方の親父さんは日本医師会の理事でかなりの名士らしいで」

小林が興奮した面持ちで言った。

「はあ、そうですか」納得がいった。どうりで世間知らずのボンボンのはずだ。

「それだけやあらへん。その理事先生は別に社会福祉法人を持っていて、過疎地に特養ホームを造っとるそうじゃ」

「へえー、そんなこともしてるんですか」

最近そういう例は多かった。プロの病院経営者が自治体と組んで、補助金を得て特別養護老人ホームを建設運営するシステムだ。どちらにも利益がある。

「今回いらした先生はその理事の息子じゃ。つまり、わしは離島の現状視察と見たがな。そうでなければ、大病院の経営者一族の人間がこんな島なんかに来るものか」

「そうですかねえ」

良平には疑わしい話だった。あの医者がそういう任務を帯びているとは到底思えない。

「どっちにしろ、日本医師会と強いパイプがあるとなれば無視はできん。ましてや小倉に嗅ぎつけられたら、向こうも抱き込みにかかる。室さんにはさっきケータイで知らせた。徳本社長を連れて急いで診療所に向かうそうじゃ。わしらも行くぞ」

小林が、いやがる良平をトラックまで引っ張っていく。いったいみんなの仕事はどうなっているのか。

診療所の敷地は人で溢《あふ》れかえっていた。島の小学生が学校帰りにポルシェを見物に来ているのだ。「すっげー」「かっちょいー」口々に声を上げ、のぞき込んでいる。ボディはすでに指紋だらけだ。何人かが診察室の窓をたたき、「おじさん、乗せてよー」と伊良部にせがんでいた。

「ただじゃやだね。何か持ってきたら乗せてあげる」と伊良部。

「くさやの干物は？　うちで作ってる」と子供。

「いらないね、そんなもの」

「じゃあピカチューのカードは？」

「ガンダムのならオッケーかな」

伊良部が小学生たちと同レベルで話している。

「さすがは名のある病院の先生じゃ。ほれみい、島の子供とたちまち打ち解けちょる。気取らないのは育ちがいい証《あかし》じゃ」

小林が感心した様子で言った。そうかなあ。でも面倒なので言い返さない。室井と徳本社長も到着して、子供たちと医師のふれあいに表情を緩《ゆる》めていた。

玄関をくぐると、中は老人たちで満員だった。座布団持参で床にも座り込んでいる。「宮崎君、これはどういうことだ」徳本社長が目を丸くしていた。

「伊良部先生がＣＴスキャナーを入れたんですよ。業者に電話一本で届けさせたんです。珍しいから敬老会のみなさんが押し寄せてるわけで」

「これは単なる派遣医師とはちゃうな」室井が声をひそめて言った。「電話一本でＣＴスキャナーやで」

「おっちゃん。今度のお医者さんはどうやな？」小林が顔見知りの老人をつかまえて聞く。

「ええ人や。前の先生もええ人やったが、真面目で融通が利かなんだ。伊良部先生はここで好きにさせてくれる。わしら年寄りは医者がおる所で遊びたいんじゃ」

ほかの老人も話に加わり、「気前よう注射を打ってくれる」「看護婦が別嬪《べっぴん》さんでいい」「ほんとはあほうとちゃうか」と口々に感想を述べた。

「ほれみい、宮崎。あっという間にジジババの人気者じゃ」と室井。

「あほうという声もありましたけど」

「腕のいい医者は道化師にもなれるってことじゃろうが」

「はあ……」

役場の上司が表敬訪問に来たと告げると、診察室に招き入れられた。「いらっしゃーい」伊良部が間延びした声を発する。

「このたびは千寿島によくぞいらしてくださいました。なにぶん小さな島でご不便もありかと存じますが、我々が全力でバックアップさせていただきますので、何卒《なにとぞ》よろしくお願いします」

室井が馬鹿丁寧に言い、三人で深々と頭を下げた。

「先生はご志願して離島にいらっしゃったとうかがっておりますが」と小林。

「ううん、おとうさんの差し金。離島を一度見て来いって」

室井たちの目がギラリと光った。

「自分が過疎地の特養ホームに関わってるものだから、身内も一度ぐらい派遣しないと恰好がつかないんじゃないの」

「ご謙遜を」徳本社長が揉み手をした。「ところで先生、歓迎の意味も込めまして、ぜひ前町長の八木が一席設けたいと申しておりまして、早速今夜あたりいかがですか?」

「今夜はだめ。さっき岩田さんっていう土建会社の社長が来て、七時から町長とご飯を食べることになったから」

一瞬にして三人が青ざめる。「町長って、小倉ですか?」当たり前のことを聞いた。

「うん。温泉ホテルに来てくれるって」

「それでは、我々は明日の晩ということでは……」

「いいよ。でも料理は肉にしてね。刺身とか鍋とか、三日で飽きちゃった」

「かしこまりました」

早足で診察室をあとにする。外に出たところで小林が良平の胸倉をつかんだ。

「大変じゃ。先を越された。どうして連中が知ったんじゃ」

「ぼくに言っても知りませんよ。小林さんの耳に入るということは、小倉派の耳にも入るということでしょう」

激しく揺すられ、目が回った。

「あかん。小倉が特養ホーム計画をぶち上げたら、ジジババの票はみんなもっていかれちまう」

「まあ待て。計画だけなら誰でも言える。肝心なのは伊良部先生じゃ。先生をこっち側につければ問題ないんじゃ」徳本社長が諫《いさ》める。

「お言葉を返すようですが、あの先生、ただのドラ息子なんじゃないですか？」良平が口をはさむ。

「失礼なことをぬかすな」今度は首を絞められた。

「おい、宮崎。ええことを考えた」室井が顔を寄せて言った。「小倉派はおまんが敵やとは思っとらん。そこでだ、今夜の会食におまんも紛れ込め」

「グッドアイデアや。小倉はきっと便宜供与も持ち出すはずじゃ。それがわかればこっちも陳情に手が打てる」と徳本社長。

「すいません。ぼく、ここのところ胃腸の調子が悪くて」

「あほう。決戦の最中に何を悠長なことゆうとる」

小林に本気でヘッドロックをかけられた。奥歯がぎりぎりと鳴る。なんで自分が――。良平は泣きたくなった。

その夜の会食には、伊良部の口添えで同席できることになった。伊良部に頼んで、「宮崎さんも呼んでね」と言ってもらったのだ。どういう言い訳にしようかと悩んだ末、「自分もうまいものが食いたい」といううそにした。伊良部にはそのほうが理解されると思った。

伊良部が泊まっている温泉ホテルの座敷に、小倉、助役、磯田などが顔を揃えている。後援会の岩田社長や漁協の塚原もいた。上座に座るのは、上下のスウェットに身を包んだ伊良部だ。

「なんじゃい、宮崎。どうしておまんがおる」磯田が末席の良平に一瞥《いちべつ》をくれる。伊良部が「ぼくの友だちだから」と言うと、途端に表情を崩し、「いやあ先生、宮崎は腰が軽いのが取柄ですから好きに使ってください」と明るい声を出した。

まずは小倉が歓迎の言葉を述べ、乾杯する。「まさか東京の大病院の先生に来ていただけるとは」「これぞ医師の良心と言いましょうか」みんなで伊良部を持ち上げるが、この男は無心に甘エビを食べるばかりだった。

「先生、エビがお好きですか?」と岩田社長。

「うん。できればエビフライもあるといいけどね」

「おい、宮崎君。追加注文しなさい」

良平は渋々内線電話で注文をした。

「ところで、先生のおとうさまは特養ホームの建設運営にもご熱心でいらっしゃるとか」

町長の小倉が早速切り出した。

「千寿島の長年の懸案事項というのが、島民の高齢化でして、近年、若い世代が島外へ出たっきりなもので、新たに介護問題が浮上してまいりました。昔は、年寄りの世話は長男がするものと決まっておりましたが、やはり世の流れと申しますか、自治体が介護しなければならない時代が……」

「町長さん、それ、食べないの？」伊良部が箸で小倉の皿をさす。

「は？　ああ、甘エビですね。どうぞ、どうぞ。わたしら、海のものはいつでも食べられますから。ひょひょひょ」素《す》っ頓狂《とんきょう》な声を上げる。「おい、君たちも差し上げなさい」

伊良部の皿は甘エビだらけになった。

「それでですね、町はこれを機会に正式な陳情をしたいと思いまして……。伊良部先生、いかがなものでしょう。明日にでもおとうさまにお取次ぎいただいて、具体的な誘致の話をさせていただけませんでしょうか」

「ずいぶん急な話じゃん」伊良部が甘エビをぱくつきながら言った。指で尾をつまみ、口に運んでチュウチュウ音を立てて吸っている。

「善は急げです。予算編成に関しては、小さな町ですのでなんとでもなるわけでして。ひょひょひょ」

「あのう、わたしのほうから話をさせていただくとですね……」岩田社長が話を引き継いだ。

「ご存知の通り、現在島は選挙の真っ最中でありまして、町長はぜひとも特養ホームの建設を新たな公約として掲げたいと……。それについては東京の社会福祉法人とすでに折衝《せっしょう》に入り、好感触を得ているということにですね……」

「東京の社会福祉法人って、うちのおとうさんがやってるやつのこと？」

「ええ、そうです」

伊良部が口をすぼめる。話がわかっていない様子だ。

「すんません。わしはざっくばらんな人間なもんで、単刀直入に言います。つまり先生、わしらの後見人になってくれんかっちゅう話です」

磯田が正座し、手をついた。町長や助役もそれに倣《なら》う。仕方なく良平もそうした。

「宮崎さん、後見人って？」伊良部が聞いた。

「まあ、早い話が用心棒です」

「ふうん。なんだかかっこいいね」人懐《ひとなつ》こい目で言った。

「それはもう。先生がわしらについてくださったら百人力です」磯田が声を弾ませる。

「伊良部先生はわたしらの希望の星です。なんとしても悲願であった特養ホームを実現させてください」と小倉。

まったくいつからの悲願だ——。良平は心の中で毒づいた。

伊良部が届いたばかりのエビフライをかじる。口の周りがタルタルソースだらけになった。

この男の食欲は豚並みだ。「で、ぼくに何をして欲しいわけ？」食べながら聞いた。

「とりあえず、週末の演説会で、町長と一緒に演壇に上がっていただけますか。それで有権者に公約を裏付けるお披露目と申しますか、そういうものをさせていただいて……」と岩田社長。

「それだけでいいの？」

「当面は……」

町長が目配せして、後援会会長の岩田が鞄から封筒を取り出した。厚さからして百万は入っていそうだ。さすがに良平は緊張した。贈賄の現場である。

「顧問料ということで、どうかお納めください」岩田社長が緊張の面持ちで差し出した。

受け取らないで――。なぜか祈っていた。伊良部は変わり者に見えるが、心は汚れていないような気がする。常識のない子供なのであって、俗物ではない。

伊良部が差し出された封筒を手に取った。中身をのぞく。「ぐふふ」と妖怪のように不気味に笑った。封筒をスウェットシャツの下に仕舞い込む。小倉たちの顔がほころんだ。

「先生、もう一度乾杯といきましょう」磯田が腰を浮かし、酌をした。

「それでは、特養ホームの建設と伊良部先生の滞在が素晴らしい時となることを祈って――」

「カンパーイ！」一同で声をあげた。

磯田が顔をくしゃくしゃにしてよろこんでいる。あちこちから嘆息が漏れる。みなが安堵《あんど》していた。

良平は鼻から大きく息を吐き、一気にビールを流し込んだ。どいつもこいつも――。世の中はクソだ。

6

伊良部が受け取った金は丁度百万円だった。翌朝、室井に電話でたたき起こされ、問われるがままに昨夜の出来事を伝えたら、悲鳴混じりの声を上げ、「金額だけでも明らかにしろ」と命じられたのである。そして診療所を訪ねると、伊良部はあっさりと封筒の中身を明かした。

「いやあ、千寿島の選挙っていいね。百万だって。ぐふふ。何買おうかな」下卑《げび》た笑みを浮かべ、うれしそうにしている。

「先生を見損ないましたね。名門病院の御曹司ともあろう方が、たかが百万円で買収されるとは」

良平は冷たい目で非難した。もう遠慮がなくなったのだ。

「安かった？　しまったなー。もっと吹っかけられたかな」

「そういう意味じゃなくて、先生が金で魂を売ったということです」語気強く言った。

「だってくれるっていうんだもん、貰わなきゃ損じゃん」

伊良部が不服そうに口をすぼめている。ここまで幼稚だとものを言う気にもならなかった。

「ところで先生、今夜は八木派の接待ですけど、八木派も同様に特養ホームを陳情してきますからね。覚悟しておいてくださいよ」

「知らないよ、そんなの。だいいち簡単にできるようなものでもないだろうし」

「小倉派も八木派も、実現できるかどうかじゃなくて、公約に入れられるかどうかを競ってるんです。敬老会の票を集めて当選してしまえば、その後はどんなごまかしだってするでしょう」

「じゃあますます知らない。おーいマユミちゃん、コーヒーふたつね」

呑気《のんき》に鼻をほじっている。良平は呆れ果てた。

「きっと八木派は、百万に何十万か上積みして、自分たちにつくように求めてくると思いますけどね」

「そうなんだ。だったら八木派につこうかな」

良平はまじまじと伊良部を見つめた。今こそはっきりした。この男はただのあほうだ。

「先生。この島の選挙はやるかやられるかなんですよ。ぼくみたいに巻き込まれてもいいんですか？」

「べつに殺されるわけじゃないだろうし。だいいちぼくらは二ヶ月でいなくなるし」

そこへ待合室で遊んでいたオババが一人入ってきた。「先生、小倉の後援会から聞きましたよ。特別養護老人ホームを建ててくださるそうで。へへー、ありがたや、ありがたや」そう言って手を合わせて拝んでいる。

「ぼくは建てないよ。町長になる人がやるんでしょ」

「ほんでも先生、小倉には協力するとか」

「今のところはね。でも明日になったら八木派かもしれないの、えへへ」

「じゃあ、伊良部先生がついたほうにわたしらもつく。敬老会みんなの総意じゃ」

オババは真剣な面持ちで告げると、診察室を出て行った。診療所内に散らばっている敬老会の面々を待合室に集め、なにやらひそひそ話を始めた。

「知りませんよ。本格的にキャスティングヴォートを握ることになっちゃいますよ」

良平が伊良部を見据えて言った。

「宮崎さんって心配性だなあ。だからおなかを壊しちゃうんだよ。そうそう、診察しないとね。おーいマユミちゃん」

マユミが注射台を運んできた。胸の谷間を見せつけ、盗み見る良平の額を指でつつく。毎度脱力してしまう良平である。


その夜の接待にも良平は同席した。今度は逃げたかったが、室井に連行されたのだ。古びた料理屋の奥座敷に、八木をはじめとして、後援会の徳本社長、室井、小林らが正座してテーブルを囲んでいる。伊良部は昨夜同様、スウェットの上下姿でくつろいでいた。

まずは八木が自己紹介をする。

「わたくし八木勇は、前町長で、現在は各種団体役員をしております。ご存知かとも思いますが、このたびの町長選挙に政治家生命を賭けて出馬して――」

「やったー。霜降りの牛肉じゃん」肉の皿が運ばれ、伊良部が目を輝かせた。

「それで今回はなんとしても町長に返り咲き、改革を断行したいと――」

「すき焼き、すき焼き、うれしいな」伊良部が鼻歌を歌う。

八木は作り笑いを浮かべたまま、固まっていた。

「……まあ、食べますか。伊良部先生はおなかがおすきのようで。ほっほっほ」

「肉は東京の三越から取り寄せました。ネギは下仁田産です」と徳本社長。

「ネギは嫌い」

「あ、いや、そうでしたか……」汗をかいている。

「みんなで食べていいよ」

「ははー。お気遣いありがとうございます」

良平は馬鹿馬鹿しくて言葉もなかった。

乾杯をしたあと、女将《おかみ》が鉄鍋で肉を焼き、伊良部の小鉢に取り分けた。それを伊良部がするりと食べる。女将が急いで次の肉を取り分ける。またするり。まるでわんこそばの早食いを見ているようだった。

「先生、野菜も食べたほうがいいですよ」良平がぞんざいに言った。すかさず室井に、「こら、先生に向かって」と頭をたたかれる。

「やーい、やーい」伊良部がよろこんでいた。

島民たちは、どうしてこの男があほうだと気づかないのか。

五キロは用意された肉があっという間になくなった。「食った、食った」伊良部は足を投げ出し、腹をさすっている。徳本社長が目配せをした。

「伊良部先生、こうしてご足労いただいたのにはわけがありまして……」一同が居住まいを正した。八木はネクタイを直している。徳本社長が口を開く。

「実は特養ホームの件、すでに小倉陣営からお聞き及びかと存じますが、その特養ホーム、当方にお任せいただけないかと……。と申しますのも、こちらの八木はすでにスポーツセンターを持っており、土地は確保済みです。その敷地内に建てることができれば島民のための一大厚生施設が出来上がるわけで、先生のおとうさまが関わる社会福祉法人にとっても、誇るべきケースになろうかと……」

「ぼくはどちらでもいいけどね」伊良部がデザートのアイスクリームを口にしながら言った。

「要は公約に入れたいわけでしょ？」

「ええ、まあ、その通りでございます」

徳本社長が咳払いをして、鞄から封筒を取り出した。うわっ。良平は心の中で唸《うな》った。昨日の厚さの倍はある。つまり二百万円だ。

「失礼は承知で申し上げます。伊良部先生、これを顧問料としてお受け取りいただけませんでしょうか。そして週末の演説会にはぜひとも八木のほうにご参列ください」

室井たちが固唾《かたず》を呑んで見守っていた。伊良部はアイスクリームに載ったサクランボを、音を立てて吸っている。

そのとき、伊良部の右手がするすると伸びた。テーブルの上の封筒をつかみ、見ることもなくスウェットシャツの下にしまう。

「ぐふふ」しばし間があって、伊良部が沼に湧き出る気泡のように笑った。

「先生、ありがとうございます！」室井が顔を紅潮させ声を張り上げた。

ほかの者も口々に礼を言い、頭を下げる。

知らないぞ——。泣きたい気持ちで、良平も頭を下げた。

「いやあ、先生はお話がわかる。ほっほっほ」八木が甲高い笑い声を発する。

「でもさあ、実はゆうべ、小倉さんからも百万円貰っちゃってるんだよね」と伊良部。このあたりは正直というより無垢である。

「大丈夫です。あとで宮崎に渡していただければ、彼が責任を持って返却します」と室井。

「えっ？　いや、ぼぼ、ぼくは——」良平は目をむいた。舌がもつれる。

「黙れ。島のためじゃ。ひいてはおまん自身のためじゃ」小林にヘッドロックをかまされた。

自分がどういう立場なのか、瞬時には判断がつかなかった。八木派からは三十万が出ていて、それは小倉派に没収されている。小倉派からは五十万が出ていて、それは今もリュックの中に入っている。そして今度は、小倉派から出た百万を伊良部の名代《みょうだい》で返そうとしている。

何がなんだかわからなくなった。同時に頭がぐるぐる回り、意識が薄れ、良平はその場にへたり込んだ。

「おい、大丈夫か」小林の声が遠くに響いていた。

「宮崎さん、失神しちゃうんだもん。飲み過ぎはよくないよ」

翌日、伊良部の元を訪ねると、ボールペンで頭を掻きながら間延びした口調で言った。

「ビールを少しだけです。先生もその場にいたんだからわかるでしょう」

良平は顎を突き出して抗議した。尊敬する気持ちはもはや微塵もない。

「冗談だから怒らないの。要は自律神経失調症でしょ。よくある話」

「自律神経失調症？」

「そう。社会人の麻疹《はしか》みたいなもの。気にしなくていい」

伊良部は目も合わせずに言うと、カルテにガンダムの絵を描いていた。

「気になりますよ。どうすればいいんですか？」

「休んで東京に帰ったら？」

「できるものならそうしたいですよ。こっちはサファリパークに迷い込んだ飼い犬の心境なんですから」

不意に涙があふれてきた。

「泣くことはないのに」

「ぼく、泣いてますね。大人なのに変ですね」

「情緒不安定……と」伊良部がカルテにペンを走らせた。

マユミが黙ってタオルを投げてよこした。良平はそれを受け取り、涙を拭った。

「ところで、これ。小倉さんたちから貰った百万円。返しておいてね」伊良部に封筒を手渡された。

「先生、あなたは鬼ですか。ぼくは今、精神的に弱ってるわけですよ。そのぼくに金を返して来いなんて、よく言えますね。また小倉陣営に吊るし上げを食らうんですよ。それくらい先生だってわかるでしょう」

「だって、室井って人が、宮崎さんが返してくれるっていうから、お金を受け取ったんだもん」

「そんな子供みたいなことを……。だいたい、こんなに簡単に寝返るなんて信じられない」

「ぼくは第三者なの。プロ野球のフリーエージェントと一緒。へへへ」

「いいんですか？　笑ってて。小倉派に百万円返したら、その途端に新たな札束攻勢が始まるんですよ」

「そのときはそのとき」

伊良部が平然と言い放つ。良平はこの男の楽天ぶりが信じられなかった。

室井からは、小倉派の巻き返しを当然予測して、「おまんは伊良部先生から目を離すな」と命じられていた。役場の仕事はいいのかと聞いたら、「負けたら仕事もなくなるんじゃ」と血走った目で言われた。

例によって注射を打たれる。涙を浮かべていると、マユミに「よしよし」と頭を撫でられた。意外に思って見上げる。「ふん、意気地なし」と鼻で笑われた。

ますます気持ちが沈む。本当に自分だけが弱いのではないかと思えてきた。

百万円をリュックに入れて役場に戻ると、丁度、磯田が玄関から出てくるところだった。

「おお、宮崎。いいところで会った。作戦会議じゃ。これから『ドルフィン』に行くぞ」

磯田が斜め前の喫茶店を顎でしゃくる。

「あの、実は、伊良部先生なんですが……」と良平。もうどうにでもなれと思った。

「おお、伊良部先生な。そのことならこっちも話があるんじゃが、今度の演説会、やっぱりあの先生にもひとこと貰えんかのう。おまん、たいそう仲がええようやし、ちょっくら頼んでくれんか。簡単な挨拶でええ」

「いや、だからそれは……」

「とにかく、中へ入るぞ」背中をどやしつけられ、喫茶店に連れ込まれた。

中には岩田社長や漁協の塚原もいた。やけに派手な三十女もいて、小倉町長の娘だと紹介された。なんでも東京の土建業者に嫁いだものの、選挙のために住民票は移していないらしい。

「あなたが宮崎さんね。うれしいわ、父のために一肌脱いでくれて」

いきなり抱きつかれ、良平は面食らった。強烈な化粧の匂いが鼻につく。

奥のテーブルに通されると、さらに後援者がいて、次々と握手を求められた。「宮崎君、ありがとう」涙ぐんでいる男までいる。

「小倉先生が当選した暁には、おまんは功労者じゃ。絶対に悪いようにはせん。まず住居は岬の町営コテージに移す。どうせ放漫経営でがらがらじゃ。車は後援会のクラウンを自由に使えるようにする」

岩田社長が良平の肩を抱いて言った。「あの、ええと……」言葉に詰まる。いかん。このままでは言い出せない。

「さて、今日集まってもらったのは、不在者投票についての対策じゃ。知っての通り、前回は島を出た若い衆の票を八木に取られてしもうた。その反省に立って、今回はウルトラCを繰り出す。寝たきりの高齢者がターゲットじゃ」岩田社長が立ち上がって熱弁をふるった。

「それって、乾物屋のジイサンも数に入っとるんかい」と誰かが質問した。

「当たり前じゃ」

「あれはボケとる。せがれの顔すらわからんぞ」

「そこが狙いじゃ。車椅子に乗せて役場に運べば、あとは磯ヤンがなんとかする。ラッキーなことに千寿島には認知症だけでも三十人はおる。一軒一軒回って全部いただく」

「それはええ計画や」みんなで盛り上がっている。

なんてむちゃくちゃな――。いや、それより伊良部から渡された金のことだ。

「どうじゃ、宮崎。これもおまんに頼めんか」と磯田。

「えっ？　だ、だ、だめです」

「いいや、おまんならできる。伊良部先生に診てもらうという口実で家から連れ出せ。それで適当な診断書を書いてもらって役場に直行じゃ。もちろん、おまんと先生への礼は別途する」

「む、む、無理です」急に息が苦しくなった。

「宮崎さん、お願い」小倉の娘に豊満な胸を押し付けられた。「わたしどんなお礼だってするわ」

「いや、ですから……」ここだけ酸素が薄いような錯覚を覚えた。手で胸をどんどんとたたく。

「おお、どんと任せえっちゅうことか」磯田が明るい声を出した。

「引き受けてくれるのね。うれしい」小倉の娘が首に手を回し、頬をくっつけた。

良平は苦しくてもがいた。きっと顔は赤くなっている。これも自律神経失調症の症状なのか。とにかく、空気を……。

「おケイちゃんは相変わらず情熱的じゃのう。宮崎が照れとる。それより旦那が嫉妬するぞ」

「いいのよ。選挙の手伝いもしない薄情者だから」

また涙が出てきた。

「そうかそうか、宮崎も泣くほどうれしいか」みんなが笑って囃《はや》し立てる。

「追加の軍資金じゃ。おまんのリュックの中に入れておくぞ」

岩田社長が新たな封筒を良平のリュックに押し込んだ。待ってください——。でも声にならない。

良平は外の空気を吸おうとして席を立った。「じゃあ頼んだぞ」という言葉に手を振り、店から転げ出た。よろよろと役場に向かって歩く。喉にやっと空気が通ったときはしばらく咳が止まらなかった。

今日は早退しようと思った。良平が今したいことは、布団を被って丸くなることだった。どうせ投票日までは、誰も仕事をしないのだ。

7

風邪をひいたと言って、そのまま二日役場を休んだ。事実熱があった。きっとストレスから来る体の変調だ。

外から聞こえるのは、選挙カーの声ばかりだった。窓からのぞいたところ、両陣営とも十台以上の車を引き連れていた。時折、伊良部のポルシェの爆音も響いた。小学生を満載して通りをかっ飛ばしていた。子供たちの黄色い歓声が山にこだまする。島中が躁《そう》状態だった。

両陣営からは毎日電話があった。磯田からは不在者投票工作の催促で、室井からは敬老会の票の取りまとめの進捗《しんちょく》状況を報告せよという命令だった。その場を逃れたいばかりに、「今やってます」と答えてしまい、ますます熱が出た。

そして彼らが口を揃えて言ったことは、「演説会にはおまんが伊良部先生を連れてくるように」だった。小倉派は漁協会館で、八木派はスポーツセンターで、それぞれ同じ日の同じ時刻に開催される。それは明日だ。

ふと部屋の隅のリュックに目が行く。先日小倉派から渡された追加資金は三十万円だった。つまりリュックの中には合計百八十万円が入っているのだ。

なんでこうなるのかと、良平は髪をかきむしった。自分は何もしていないのに。

藁《わら》にもすがる思いで診療所を訪ねた。図太い伊良部なら、なんとかしてくれるかもしれないと思った。

開口一番、伊良部が発した言葉は、「なによ、まだ百万円返してないの」だった。

「言い出せなかったんですよ。みんながぼくのことを味方だと思ってるんです」

「無責任だなあ」伊良部が頰をふくらませる。

「あんたが言う台詞《せりふ》ですかっ」良平は思わず声を荒らげた。

「知らないよ。面倒なことになるんじゃない？」

「もうなってますっ」頭に血が昇り、また息が苦しくなった。

何度か深呼吸して、とりあえず現在の状況を説明する。伊良部はマユミにコーヒーをいれさせ、呑気にクッキーをつまんでいた。

「しかしまあ、よくお金が飛び交う選挙だね」伊良部が言った。

「日本中どこも似たようなものだと思いますが、有権者が少ない分、個人に行き渡って目立っちゃうんでしょう」

「なるほどね。で、宮崎さんのリュックの中には現在百八十万円が入ってるわけだ。持ち歩くのは危険じゃない？　ぼくが預かってあげようか？」

良平は返事をせず、伊良部をじっと見つめた。伊良部がもっともらしく真面目な顔をする。

「何か？」声まで澄まして言った。

「やめておきます」

「なんでよォ」途端に甘えた声を出す。

「先生は信用できません」

「あら？　いまのは医師と患者の信頼に関わる重要な発言だね」

「ふざけてないで対策を考えてください。演説会は明日に迫ってるんですよ」

伊良部が鼻に皺を寄せる。「面倒臭いなあ」ぼさぼさ頭を掻いていた。

「お金を受け取ったのは先生ですからね」

「わかった。じゃあ掛け持ちで両方に出る。ひとこと挨拶すればいいんでしょ？」

「本気で言ってるんですか？」良平は顔をしかめた。「同じ時間に始まるんですよ」

「ポルシェでひとっ飛び。途中退席と遅刻でなんとかなるよ」

「すぐにばれます。そうなったら――」

「そのときはそのとき。心配性だなあ。だから神経症になるの」

伊良部がソファに身を沈め、コーヒーをすすった。「うん？　両方出るんだから、小倉派の百万は返さなくてもいいのかな」ひとりごとをつぶやいている。

そんなわけないだろう――。怒鳴りつけたかったが、言葉より先にため息が出た。

そのときドアがノックされ、オババが一人顔をのぞかせた。「先生、明日はどっちに行きなさる」敬老会を代表して聞きに来たらしい。

「両方だよん」と伊良部。

「両方？」眉をひそめ、待合室へ戻っていった。

台風でも来ないかなあ。良平は夢想した。無理か、冬なのに。せめて吹雪でも。いや、雪など滅多に降らない南の島だ。

良平は逃避したかった。海底火山でも噴火しないかと真剣に考えるほどだった。

翌日はうらめしいほどの快晴だった。まるで祝祭の日でもあるかのように、島全体に華やいだ空気が漂っている。漁協の方角から花火の音が聞こえ、しばらくしてスポーツセンターの方角からも花火が打ちあがった。ほとんど運動会だ。

アパートの住人たちも見物に行くらしい。「前回は、小倉の会場にスパイが入り込んで怒号と腐った生卵が飛び交ったんだって」と教員が笑っていた。みんな何か起きるのを楽しみにしているのだ。

普段は閑散とした中心街の道路が、この日ばかりは渋滞していた。たこ焼きの屋台も出ていた。伊良部が早速ポルシェを停め、三皿も買っていた。

「宮崎さんも食べる?」

「食欲ありません」

「食が細いんだね」

良平は言い返す気にもならなかった。

後部座席にはマユミがいて、手を伸ばしてたこ焼きをつまんでいた。例によって不機嫌そうだ。

「先生、ウグイス嬢のバイトがないか聞いてきてくださいよ。ただし日当は三万円」

こんな無愛想なウグイス嬢を誰が雇うというのか。

まずは漁協会館の小倉派の演説会に行った。八木派の室井には、ケータイで「急患が出たので伊良部先生は少し遅れます」とうそを言っておいた。

玄関には後援会の人間らしい男たちがいて入場者をチェックしていた。八木派の人間を入れないためのようだ。小ぶりの体育館といった集会場には、色とりどりの大漁旗が張ってあった。漁協を票田に持つ小倉らしい演出である。鳥羽一郎の演歌も流れていた。テーブルにはビールと寿司も並べてあり、支持者たちが輪を作っていた。子供たちは会場内を黄色い声を上げて走り回っている。

伊良部がテーブルの寿司に向かった。二個ずつまとめて口に運んでいる。この男には緊張感というものが何もないように思えた。

「先生、ようこそおいでくださいました」磯田が揉み手をして駆け寄ってきた。「さあさあ、早く上がってください」牛を牽《ひ》くように、伊良部の巨体を引っ張っていく。

ステージにはパイプ椅子が並べられ、伊良部はその中央に座らされた。後方の壁には「医学博士・伊良部一郎先生」と大書された紙が貼られている。

町の名士らしき男たちが、代わる代わる伊良部に頭を下げていた。これで何食わぬ顔をしていられるのだから感心する。

時間が来て、後援会会長の岩田社長がマイクを握った。

「みなさん、決戦のときが来ました。もはや後戻りはできません。わたしたちの正当な権利を勝ち取るためにも、千寿島をよりよくするためにも、選択はただひとつ、今回も小倉武を町長に！　であります」

盛大な拍手が湧き起こる。鉢巻をした漁師たちが「そうじゃ、そうじゃ」と野太い声を発した。

続いて小倉が壇上に立った。普段役場で見るより肌の色艶《いろつや》がよかった。選挙用の顔に変わっているのだ。

「千寿島のみなさん、わたくしは怒っております。それはわたくしがこの四年間、心血を注いで土台を築いてきた港湾の整備工事計画を、白紙に戻そうとする不届き者が現れたからであります。その人物の名は……」

「八木勇のドグサレじゃ！」

「そうじゃ。八木勇が考えとるのは自分のフトコロのことだけじゃ」

会場から野次が飛んだ。しばし壇上と客席が一体となっての八木の糾弾が続く。

もう慣れたとはいえ、露骨なネガティブキャンペーンに良平はげんなりした。要するに、八木に入れると我々はこんなに損をするという話なのである。

「さてみなさん。わたくしは本日、新たな公約を持ってここにやって参りました。それは、これまで多くの離島が望みながらも成しえなかった夢、特別養護老人ホームの建設計画であります。人口三千人にも満たない島で何をぬかすかとお思いの方もいらっしゃるでしょう。しかし、わたくしは長年育《はぐく》んだ中央との太いパイプにより、今回確かなプランを提示できるまでになりました。それは社会福祉法人との共同作業という方法で……」

小倉の演説に観客が聞き入っていた。やはり特養ホームは島民の関心を呼ぶらしい。

小倉は、自分が当選すればすぐにも実現するようなことを言った。むろん予算の目途さえついていない。小倉も八木も、当選してしまえばこっちのものという腹なのだ。

「そんなわけで、わたくしが地道な交渉をした結果、日本医師会の重鎮にして社会福祉法人理事長でもあらせられる東京の伊良部総合病院院長大先生のご子息に、このたび視察を兼ねてこの島に来ていただくことになりました」

つい先日知ったことなのに、なんというでたらめを――。良平は呆れ果てた。

「ご紹介します。伊良部一郎先生です！」

小倉が高らかに名前を呼び上げ、大きな拍手が起こった。敬老会の面々は「あれー、伊良部先生は小倉についたか」とざわついている。伊良部は椅子から立ち上がると、愛想よく手を振った。

「先生、ひとこといただけませんか？」と岩田社長。

「えー、何か言うの」伊良部が面倒臭そうに眉を寄せ、それでもマイクの前に立った。

みなが見守る。

「特別養護老人ホーム、フォー！」

伊良部が突然、最近流行の芸人の真似をして奇声を上げた。腰まで振って見せている。

大人たちが静まり返った。誰も動かないでいる。代わりに子供たちが大喜びした。「もう一回、もう一回」とせがんでいる。

「えー、もう一回？」伊良部はうけてうれしそうだ。

良平は目を覆った。こんな馬鹿、見たことがない。ああそうだ。それよりマユミに――。良平は窓まで走ると、外で待機していたマユミに合図を送った。

マユミが胸の谷間からケータイを取り出し、ボタンを押した。壇上の伊良部のポケットでケータイが着信音を鳴らす。あらかじめ決めておいた手筈だ。

伊良部がケータイを手にした。

「何よ、いいとこなのに。うん、うん。……急患？　エボラ出血ウイルス？　そりゃ大変だ。すぐに戻るね」

伊良部は、呆然と立ち尽くす支持者たちに、「急患だって。じゃあまたね」と軽く手を挙げてステージを降りた。誰も言葉を発しない。子供たちだけがあとを追いかけ、まとわりついていた。

会場を出て三人でポルシェに飛び乗る。爆音を轟かせてダッシュした。

「うまくいったじゃん」と伊良部。

「こういうの、うまくいったって言うんですか？」良平は泣きそうな声を出していた。

「物事、死人が出なきゃ成功なのだ」伊良部がバカボンのパパのように言い放つ。

不覚にも言いえて妙だと思ってしまったのは、良平の気が弱っているせいだ。

タイヤを鳴らしてコーナーを曲がった。スポーツセンターは港から車で十分の山の中腹にある。

会場の前には室井が待ち構えていた。

「早く、早く。もう八木先生の演説が始まっとる」伊良部には深々と頭を下げた。「先生、よろしくお願いします。特養ホーム計画があればわしらは勝てるんです」

室井の懸命な訴えに、良平は胸が痛んだ。小倉派の集会にも出たと知ったら、どれほど怒り出すことやら。もっともそれは今夜にでもばれる。すべてがその場しのぎなのだ。

駆け足で会場に入った。

「先生、『フォー!』だけはやめましょうね」良平が小声で言った。

「えー。うけるのになあ」伊良部は不服そうだった。

壇上では、八木が丁度、特養ホーム建設計画についての演説をしていた。伊良部の姿を見つけると、甲高い声をいっそう高くして「みなさん。その伊良部先生がお忙しい中、駆けつけてくださいました。ほっほっほ」とまくしたてた。

拍手を浴びて伊良部が壇上にあがる。「いよっ、待ってました大統領!」支持者から声がかかる。伊良部は役者気取りで手を挙げ、中央に歩み出た。八木と握手を交わす。

変なことをしませんように——。良平は舞台の袖《そで》で祈った。

「では、伊良部先生からひとこと頂戴したいと思います」司会の徳本社長が言った。

みなが見守る。

「特別養護老人ホーム、ファーイブ！　なんちゃって」

伊良部が両手を伸ばしポーズを決めた。反応はない。全員、何事が起きたのかという顔をしている。裏の山でカラスが鳴いていた。

「だめ？　フォーの次だからファイブ、なんだけど。でへへ」伊良部が一応照れる。

良平は再び目を覆った。まさに天然記念物級の馬鹿だ。ギャグが滑ると悲惨この上ない。だいたいこの場にいる人はさっきの出来事を知らないだろう。

「ちょっと待った！」

そのとき客席の後方から鋭い声が飛んだ。浅黒い顔の体格のいい男だった。

「そこの伊良部先生は、さっきまで小倉の演説会に出てたぞ。ケータイで確かめたんじゃ。こっちでも特養ホーム計画の後見人とは話がおかしいじゃろう」

全員の視線が伊良部に向かった。場内がざわめく。

「みんな騙されるな。この公約は小倉が先じゃ。八木はあとから乗っかろうとしとるだけじゃ。伊良部先生は言いくるめられて来たに決まっとる」

別の男も声を張り上げた。よく見ればその一帯だけ、漁師風の男たちが固まっていた。

「伊良部先生。小倉のところに出たって本当なんですか？」徳本社長が青い顔で聞く。

「ええと、それは良く似た人なんじゃない？」伊良部はむちゃくちゃな言い訳を平然とした。

「それよりあいつらスパイじゃん。見過ごしていいわけ？」

「おい、あいつら漁協の連中ぞ。生かして帰すな」誰かが言った。

「なにをぅ。前回、農協のスパイを送り込んだのはおまんらじゃろう」漁師が言い返す。「いいか、みんな。目を覚ませ。八木には何もできん。せいぜい新しいハコを造るぐらいのもんじゃ。政治はできんのじゃ」

「やかましい。小倉こそ政治はできん。漁協と自分を太らせるだけで、毎度農家はおざなりじゃ」

次の瞬間、黒い物体がいくつも宙に飛んだ。同時に異臭が鼻をつく。漁師たちが、隠し持っていた魚のアラを投げ始めたのだ。

「くらえーっ。今の季節は寒鰤《かんぶり》じゃーーっ」

タコやイカも飛んだ。ぶつけられた側はそれを投げ返した。女子供は逃げ惑うのかと思いきや、そうではなく、全員が応戦していた。良平が初めて見る生の乱闘だった。

「死ねーっ」「島から出てけーっ」罵声と怒号が飛び交った。

伊良部はと思って見ると、この戦いに嬉々として加わっていた。「ひょーっ」奇声を発して魚のアラを投げている。

マユミは島民を馬鹿にしきった顔で、隅でたばこを吹かしていた。そのマユミの顔面にタコが丸ごと命中する。

「おりゃーっ」いきなり駆け出し、漁師の背中にドロップキックを食らわした。

みんな元気一杯だった。溌剌《はつらつ》としていた。その光景を見ながら、良平は醒めた頭で思った。

そうか。町長選挙は島を挙げての喧嘩祭りなのか。四年に一度、こうやって感情を爆発させることで退屈な日常に耐えているのだ。島民は誰も平和で公正な選挙など望んではいない。祭りは派手なほどいい――。

うしろから襟をつかまれた。振り返ると室井だった。「宮崎。おんどれ、裏切りやがったのか」真っ赤な目をしていた。

「ちがいます。は、は、話を聞いてください」

額に衝撃を受け、視界に火花が散った。渾身の頭突きだった。

「明日にでもあらためて総括してやる。首を洗って待っとけ」

そういい残し、室井が乱闘の輪に入っていく。良平はまた息苦しくなった。胸を抱え、うずくまる。そこへ鰤の大きな頭が飛んできて、額にもう一度衝撃が走った。

8

海の見える丘の上の診療所に、両陣営の幹部が集まった。何人かは顔に絆創膏《ばんそうこう》を貼っており、昨日の乱闘の激しさを物語っていた。輪の中心にいるのは伊良部だ。悪戯《いたずら》を咎《とが》められた子供のように唇をとがらせている。良平もその隣に座らされた。そして待合室では、敬老会の面々が聞き耳を立てている。

「つまり話をまとめると、伊良部先生は百万円の顧問料を小倉派に返そうと宮崎に託したものの、宮崎はそれを言い出せないまま、演説会の日を迎えてしまった。それで進退窮《きわ》まった宮崎は、両方の集会に伊良部先生をお連れする算段を立ててしまった……」

八木派後援会会長の徳本社長が言った。「そうそう」伊良部がキツツキのようにうなずく。

「いや、それは——」良平は苦しげに顔をゆがめた。言い出しっぺは伊良部だ。それがどうして自分のせいになるのか。

「言い訳するな。男らしゅう非は非として認めろ」と室井。

「そうじゃ。いつまでも態度をはっきりさせんからこういう事態を招くんじゃ」と磯田。

良平に反論の場は与えられず、一方的に吊るし上げられる形となった。伊良部はひとつの非難も浴びていない。この期に及んでも顔を立てようとするのは、伊良部のバックに控える父親が福祉医療界の大物で、なんとしてもコネを得たいからだ。

「しかしまあ、八木は相変わらずジャンケンの後出しが得意じゃのう」岩田社長が皮肉めかして言った。

「何をぬかすか。小倉こそすぐに実弾じゃ。ほかに能はないんか」徳本社長が言い返す。

とりあえず、これまでの経緯を互いに申告し合うという紳士協定だけは成立し、金の入った封筒がいくつかテーブルに並んだ。

良平はこればかりは安堵した。やっとリュックが軽くなる。一方の伊良部は不満気に渋々二百万円を差し出した。

「いえいえ、伊良部先生は結構です。わたしらが出したのはあくまでも顧問料ですから」徳本社長が微笑んで言った。

「そういうことなら、わしらもあと百万足して計二百万を顧問料として差し出す」岩田社長が顔色を変える。

「あのう。潔《いさぎよ》く一旦白紙に戻しましょうよ。そうしないとここで現金の積み合いになっちゃいますよ」

良平が進言した。自分からは手が出しづらいだろうと、強引に両陣営にそれぞれの封筒を押し付ける。しばしの沈黙の後、「そういうことなら……」やっとのことで双方とも引いてくれた。

伊良部が良平の脇腹をつねった。良平も負けずにつねり返した。

そこへオババが一人入ってきた。「話はつきなさったかのう。投票日は泣いても笑っても今度の日曜じゃ。ひひひ」金歯を出して笑っている。

「意地の悪い年寄りどもじゃ。人が困るのをよろこんどる。選挙のときはいつもそうじゃ」磯田が憎々しげに吐き捨てた。

「ええのか、そういうことをゆうて。敬老会の票は五百もあるぞ」

「ああ、すまん。取り消しじゃ。入れてくれたら肩揉みでもなんでもする」

「ところで敬老会はどうなんじゃ。双方がおる前でぶっちゃけた話を聞かせてくれ。何が望みぞ」

室井が投げやりに言った。もう交渉事にくたびれたという感じだ。

「前にもゆうた。敬老会は伊良部先生につく。わしらは特養ホームが欲しいんじゃ」

オババの言葉にみんなが黙った。これこそが島民の切実な声だ。高齢者だけでなく、島を出て行った子供たちにもありがたい話である。それに応《こた》えるのが行政の務めだ。福祉や医療を選挙の道具にしてはならない。良平は無力な自分が恥ずかしくなった。

「ねえ、聞いた？　ぼくにつくんだって。ぐふふ」と伊良部。

「あなた、何を言ってるんですか。候補者でも有権者でもないくせに」良平が軽蔑の目を向ける。伊良部を除く全員がため息をついた。

「しかしですね。敬老会が特養ホームを望むのなら、両陣営ともそれを公約に挙げればいいだけのことなんじゃないですか？」

良平が発言した。

「そうもいかんのじゃ」と徳本社長。

「どうしてですか。どちらも当選したら特養ホームを造ればいい。それなら敬老会はそれ以外の公約や政策で町長を選べばいいわけでしょう」

「あのな、どっちも同じなら実現はせん。うちだけ、という公約から先に着手するのが政治家じゃ。同じなら永遠に後回しなんじゃ」

「そんな理不尽な」

「おまんは甘い」

岩田社長が引き継いだ。淡々とした口調だった。

「この千寿は過疎の島じゃ。資源もなく、財源も乏しく、普通なら全員が貧乏じゃ。でもな、曲がりなりにもインフラが整備された文化生活を送れるのは選挙があるからなんじゃ。無風選挙なら町長は何もせん。役場もらくをする。数票差でひっくり返る宿敵がおるから、死に物狂いで公共事業を引っ張ってくるんじゃ。それが独自の公約じゃ。正義感だけで離島は運営できん。不正は正当防衛じゃ。生まれたときから当然のように病院や学校がある東京者《もん》にはわからん」

良平は黙った。熱かった頭がすうっと冷えていく。

「わしらは全員、島を愛しとる。そのうえで戦うんじゃ」

最後にぽつりと言った。

両陣営の男たちがうなずく。敵同士なのに、この瞬間だけ心をひとつにしていた。

もはや良平に返す言葉はなかった。伊良部も神妙な面持ちで様子を見守っている。

「ほな、今日は休戦にして明日からや。みんな、ええな」と徳本社長。

「抜け駆けすなや。正々堂々の勝負ぞ」と岩田社長。

「あほう。おまんが言う台詞か」

男たちが立ち上がった。「伊良部先生、じゃあ明日」口々に言い、診察室を出て行く。ドアの外には敬老会の面々が真剣な表情で集まっていた。みんな、人生の重みを感じさせる顔だった。島で六十年、七十年と生きてきた、哀感の沁みた顔だった。

老人たちが伊良部を見ている。あとはあんた次第じゃ――。そういう視線だった。

「宮崎さんさあ、ぼく、東京に帰っちゃだめ？」伊良部が憂鬱そうに言った。「なんか急に面倒臭くなっちゃった。すぐにほかの医師を寄越すから」

「ふざけないでください」良平がにらみつけた。「さんざん調子のいいことを言って、いまさら何ですか」

「だって重いんだもん。人の運命なんて左右したくないよォ」

伊良部がくねくねと体をよじり、甘えた声を出す。

ふつふつと怒りがこみ上げた。こいつ殴ってやろうか——。

次の瞬間、ガンという金属音が伊良部の後頭部から響いた。何事かと振り向く。うしろでマユミが、鉄製の洗面器を手に仁王立ちしていた。

「いててて。マユミちゃん、ひどいよォ」

伊良部が涙目でうずくまる。周りにいた猫が一斉に散った。

「あんたの代わり」良平を見下ろし、マユミがぶっきら棒に言った。

「はあ、どうも……」良平はそんな答え方しかできなかった。


翌日から伊良部への接待攻勢は激化を極めた。昼と夜の食事すべてにどちらかの陣営が押しかけ、特養ホーム誘致を働きかけるのである。

もちろん焦点は「顧問料」という名目のリベートである。その金額はたちどころに五百万円を超えた。

「ねえ宮崎さん。もういらないって言ってよ」伊良部はもはや元気をなくしていた。

「どうしてですか。お小遣いが欲しいんじゃないんですか？」

「なんか怖くなった。やっぱり小遣いは月に百万円ぐらいがいい」

「知りませんね。ご自分で決めてください」良平は冷たく突き放した。

ただ、今度は東京に逃げ帰る恐れがあるというので、両陣営からの命令で良平がアシスタントをすることになった。役場の仕事は完全な放免状態で、いまや伊良部の付き人だ。

「おなかが痛くなった。今日は休診にする」伊良部が駄々《だだ》をこねる。

「だめです。いい大人が仮病なんか使わないでください」

「ほんとだって。きっとストレス性だと思う」

良平は伊良部の顔をまじまじと見つめた。

「先生にも人間らしい神経があったんですね」

「ぼくって結構繊細なんだよね。これからは〝ナイーブ伊良部〟って呼んでね」

馬鹿らしくて相手をする気にもなれない。

「ところで宮崎さんの体調はどうなったわけ？　自律神経失調症なんでしょ？」

そういえばここ数日は症状が表れないことを思い出した。あわただしくて忘れてしまっていた。

「治ったみたいですよ。ほら、お金を返したから」

きっとそうだ。板挟みから解放されたのだ。みるみる体が軽くなった。

「元々、ぼくなんてただの一票だったんですよ。敬老会の票を取りまとめるために駆り出されただけで、それが先生に移ったとなれば用なしですよ。ははは」

良平は高笑いしてやった。

「ずるいなあ」

伊良部はとぼとぼと歩いて空いている病室に入ると、中から鍵をかけた。

「先生、冗談はやめてください。外来の患者さんが待ってるんですよ」

良平は前まで行ってドアをドンドンとたたいた。返事はない。

「先生。子供みたいにすねてないで、出てきてください」

それでも応答がなかった。良平は庭に回り、窓から中の様子をうかがった。

伊良部はベッドで布団を被り、丸くなっていた。巨体なので山のように盛り上がっている。

「先生、先生」窓をたたくと、怖い顔で降りてきてカーテンを閉めた。

うそだろう？　本当に小学生並みの精神年齢ではないか。

診察室に戻り、マユミに助けを求める。「無理。一度すねると母親が出てくるまで直らない」

自分には関係がないといった体で、窓辺でたばこを吹かしていた。

「どうしたんじゃ」オババたちが異常に気づき始めた。

「伊良部先生がひきこもっちゃいました」

「あほうはしょうがないのう」オババたちが苦笑いする。

「あほうだと気づいてたんですか？」

「気づかいでか。注射ばっか打って。最初からわかっちょった。でもな、みんな伊良部先生のことは好いちょるよ。あほうは可愛い。気がらくでいい」

「そうそう。わしの神経痛もどういうわけか治まった。わしらは構って欲しいんじゃ。伊良部先生は相手になってくれる」

良平は目から鱗《うろこ》が落ちる思いがした。そういえば伊良部は不思議な人気がある。島の子供たちもすぐに懐いた。尊敬しなくて済むからだ。

そこへ磯田がやってきた。

「おう、先生はおるかな。とっておきの条件を持ってきたぞ」

「いや、それがですね……」良平が事情を説明する。

「何？　ひきこもり？」眉間に皺を寄せた。

室井もやってきた。

「なんじゃ。磯田と鉢合わせかいな。おまんら少しは遠慮を——」

袖を引っ張り、小声で同じように説明する。

「宮崎、おまんがなんとかせい。そのためのアシスタントじゃろう」

「そうじゃ。時間も迫っとる。早くせい」

二人に詰め寄られた。

「あのですね、伊良部先生は、もう金品ではなびかないと思いますよ」

「どういうことじゃ」

良平はひとつ息を吐くと、顧問料がエスカレートすることに伊良部がすっかり怖気《おじけ》づいたことを打ち明けた。

「ほんまかいな。あの先生、そんなヤワなところがあるんかいな」

「人はわからんのう。一億でも要求する玉かと思っとった」

「子供なんです」

良平がつぶやくと、しばし間を置いた後、二人は納得したようにうなずいた。

「でもなあ、出てきてもらわんと話もできんぞ」

「金品がだめなら、どういう条件があるんか、それを聞きたい」

「さあ、ないんじゃないですか」

三人で途方に暮れる。良平がお茶をいれ、診察室で飲んだ。すっかり居ついた猫たちが足元にまつわりついてくる。

「ウッウン」窓辺のベンチにいたマユミが不自然な咳払いをした。見ると、なにやら目で訴えかけてくる。

「何か？」と良平。

「……方法がないわけじゃないけどね」マユミが目を細くして言った。

「ええと、先生に出てきてもらう方法ですか？」

マユミが自信ありげにうなずく。

「それじゃあぜひお願いします」

良平が言うと、マユミがてのひらをひょいとこちらに向けた。

「ああ、そやな」磯田と室井が焦《あせ》ってポケットをまさぐった。「今はこんなもんしかあらへん」二人で二万円を差し出す。

マユミはそれを受け取ると、無造作に胸の谷間に差し込んだ。続いてミニの白衣を捲《まく》り上げ、ガーターに挟んであったケータイを抜き取る。ボタン操作をし、耳に当て、どすの利いた声を発した。

「先生、出てこないとお母様に電話しますからね」

ひとことだけ言って電話を切る。良平たちはただ成り行きを見ていた。

十秒後、廊下の方で戸の開く音がした。サンダルを引きずって伊良部が出てきた。「卑怯者めー」と呻《うめ》き、うらめしそうにマユミをにらんでいる。

なんな、マザコンかいな――。磯田と室井がひそひそ話をしていた。

「先生、観念しましょうよ。どっちかに決めれば解放されることですから」

良平がなだめる口調で言った。

「じゃあジャンケン。小倉さんと八木さんがジャンケンして勝ったほう」

伊良部がソファにどんと腰を下ろし、ふて腐れて答える。

「ジャンケンなんてだめに決まってるでしょう。誰も納得しません」

「じゃあ小倉派と八木派の棒倒し」

「それもだめ。運動会じゃあるまいし。何を考えてるんですか」

「じゃあ帰る」

伊良部は完全にすねていた。

良平は天井を仰ぎ、ため息をついた。振り返り、磯田と室井に助けを求める。すると、なぜか二人は強い視線をぶつけ合って対峙《たいじ》していた。

「わしはそれでもええけどな」磯田が低く唸る。

「いいってええで。後援会がオーケーならな」室井が喧嘩腰で答えた。

「いいって、何がですか？」

「棒倒しじゃ」二人揃って答えた。

良平は耳を疑った。「うそでしょう？」声がかすれた。

「おまんは知らんじゃろうが、十年前まで、千寿には毎年島の運動会があったんじゃ。言っとくが、紅組対白組なんてぬるいもんとちゃうで。小倉派対八木派じゃ。そのメインイベントが棒倒しやった」

磯田が腕組みして言った。室井があとを引き継ぐ。

「そうじゃ。ところが毎回、死人こそ出ないものの重傷者が続出してな。東京の代議士先生が仲裁に入って封印されることになったんじゃ。確か五十年の歴史で、対戦成績は八木の二十六勝、小倉の二十四勝やったな」

「あほんだら。二十五対二十五で五分のはずや。だから小倉は仲裁を受け入れたんじゃ」

「磯田よ、歴史の改ざんはあかんぞ。過去を正しく見つめい」室井が顎を突き出し、からかうように言った。

「おまんらこそ改ざんするな」磯田が気色ばむ。

「あのう、もう少し現実的な決着方法を模索しませんか？」と良平。

「わしは現実的やと思う」

「わしもじゃ。へたな小細工がないぶん、すっきりするってもんじゃ」

二人は引く気配がない。「先生もまた余計なことを……」良平は非難の目で伊良部を見た。

伊良部は事の成り行きに機嫌を直したのか、つんと澄ましている。

「案外、天啓《てんけい》かもしれんな。伊良部先生がゆうたのは」

「ああ。わしも同じことを思った」

「ともあれ、わし一人では決められん。後援会と相談じゃ」

「こっちも早速招集や」

磯田と室井が大股で診察室を出て行った。良平はしばらく口が利けないでいた。棒倒し？

投票させる側を決めるのに？　心の中で自問する。

「ああよかった。これでぼくは無関係」伊良部が自分で肩をたたいていた。

「何を言ってるんですか。もしも棒倒しで決めるなんてことになったら、事実上の武力衝突ですよ。日本という民主国家にありながら」

「あのね、宮崎さん。デモクラシーなんてものは、実は最善じゃないの。機能するには一定規模が必要なの。一万人以下のコミュニティだと、昔の藩主みたいなのがいて治めたほうが却って栄えるんじゃない？　ぐふふ」

すっかり元気を取り戻し、ほくそ笑んでいる。

良平は頭が混乱した。壁のカレンダーに目をやる。投票日まであと四日しかない。

9

信じられないことに、特養ホーム建設を公約に掲げる権利は、棒倒しで決着をつけることに両陣営の協議で決まった。「協議」というのは表現上のあやで、実際は双方ともやる気満々なため、簡単な言葉の売り買いがあっただけらしい。

「やるか」「おう、かかってこい」

きっとこの程度のやりとりで決まったのだ。

「しょうがないよ。ここは今も戦国時代なんだから」

火を点《つ》けた張本人のくせに、伊良部は呑気に構えていた。診察を再開し、年寄りや子供たちに注射を打ちまくっている。

敬老会も全員が異議なしだった。

「それがええ。若い頃はわしも必死に戦ったものじゃ。昭和三十年代に先代の小倉が三連覇したときは、わしが守りの要《かなめ》じゃった」

「女衆は炊き出しに忙しかったな。米を一升炊いてもすぐになくなった」

昔を懐かしむオジジやオババが続出して、待合室はここのところ棒倒し談義で盛り上がっている。

良平はいまさらながら価値観のちがいに困惑した。もしかして地球上の大半はこうなのではないかと、一人千寿の空を見上げる日々だ。

この世に紛争が絶えることはない。数々の悲劇を引き起こしながらも、人類はどこか嬉々として争っているところがある。

死人が出なければ成功、と伊良部は言った。その伝でいくならば、棒倒しは平和的解決法と言えなくもない。

二十四歳の良平に、世界はわからないことだらけだ——。

肝心の棒は、神社の物置に眠っていた。ほとんど電柱といっていいほどの、全長二十メートルの黒光りした太い棒だった。

役場の職員で引っ張り出し、神主にお祓《はら》いをしてもらった。そのときは素直な気持ちでこうべを垂れた。良平にもなにやら神聖なものに見えてきた。

決戦は投票の前日、土曜日の正午と決まった。場所は小学校の校庭。双方が十五歳以上の男子二百人ずつで戦い、棒の先端に取り付けた旗を先に取ったほうが勝ちだ。未成年に選挙権はないが、伝統に則《のっと》った。「元服は十五歳」が島では生きているのだ。

見届け人は敬老会から数人と伊良部が指名された。

「どちらかっていうと、ぼくも参加したいんだけどね。棒倒し」と伊良部。

「だめです。いいですか？　みんな真剣なんですからね。ちゃんと厳正に審判を務めてくださいよ」

　このときばかりは強い口調で言って聞かせた。島民がこういう決断を下した以上、悔いなく戦わせたいと良平は思った。もはや自分にもこの島を愛しているところがある。


　要綱が決まると、両陣営とも練習を開始した。準備期間は二日間しかない。小倉派は中学校の校庭で、八木派はスポーツセンターのグラウンドで行うことになった。なんでも棒倒しはフォーメーションが鍵を握るそうで、初日は公開するものの、二日目は関係者以外立ち入り禁止にして作戦を練るようだ。

　伊良部が公開練習を見たいというので、マユミと良平の三人で見物に行った。まずは小倉陣営だ。

　校庭に入ると人で一杯だった。木に登って見る者も多く、並んだ樹木は飾り付けをしたクリスマスツリーのようだ。

　女たちは隅でお汁粉を作って見物人に振舞っていた。当然、伊良部の足が向かう。

「センセー。お会いしたかったのー」小倉の娘が人をかき分け、伊良部に抱きついた。「お願い。先生のお力で特養ホームを小倉に造らせてえー」

「何、何。ぐふふ」戸惑いながらも、伊良部はうれしそうだ。

「おケイちゃん。もう無駄じゃ。棒倒しで決まるんじゃ」と岩田社長。

「あら、そう。なんだ。じゃあ知らない」さっさと離れていった。

「宮崎君よ。どうじゃ、我が陣営の精鋭たちは。大半が漁師だからパワーなら負けんぞ」

岩田社長が誇らしげに言った。自分も迫力満点の人相にねじり鉢巻を締めている。

「強そうですね。ぼくは伊良部先生同様、中立の立場を取りますが、勝ったほうに投票することを約束します」

「そうしてくれ。伊良部先生は思いつきで言ったのかもしれんが、わしはこの方法がいちばんええと思っとる。金をばら撒かんでもええしな。ここだけの話、三千万は選挙費用が浮いた。小倉も内心はよろこんどる」

最後だけ小声で言って、岩田社長が笑った。なにやら憑《つ》き物でも落ちたようなすがすがしい顔をしていた。

ついでにお汁粉をご馳走になった。冬の日の胃袋にやさしく沁みた。

続いて八木陣営にも行った。こちらも負けないほどの人が集まり、活気にあふれていた。小倉陣営もそうだったが、選手の中に普段見かけない若者がたくさんいる。島の人に聞くと、東京で下宿生活を送る高校生や大学生が、全員呼び戻されているのだそうだ。どうりで華やいだ空気があるはずだ。大人たちもうれしそうである。

「シュンスケ。ええな。おまんが最後は旗を奪うんぞ」

父親に気合を入れられ、高校生の息子が緊張の面持ちでうなずいていた。なんだか微笑ましかった。

徳本社長がやってきて、同じように陣容を自慢した。「農家は農閑期になるとセンターで体力作りに勤《いそ》しんどるんじゃ。漁師には負けへんで」自信満々の顔をしていた。

「なあ宮崎君。東京に戻ったらみんなに千寿島のことを話してくれ。二十一世紀にもなって民主主義の通用せん島があるってな」

「そんな――」

「でもな、わしらはこれがええんじゃ、メリハリがあってな」

「わかります」

良平は心からそう言った。もはや東京のものさしを彼らに当てるつもりはなかった。この島はこの島でうまくやっている。千寿島はシーソーだ。二組の乗り手がいることで動き続けるのだ。

隅で、伊良部が作りたてのおはぎを大量に食べていた。「先生、ええ加減にせえ」オババに叱られていた。

決戦はいよいよ明後日だ。

当日は朝から港が大賑わいだった。十年振りに棒倒しが復活したと聞いて、かつて島から出て行った人たちが、家族を連れて見物に訪れたのである。近隣の島からも親戚や関係者と思われる人々がやってきた。各島の町長は来賓として招待したらしい。

「千寿はええのう。四年に一回、オリンピックにも勝《まさ》る娯楽があって」

隣の島の町長がひやかすように言っていた。

「どのお人じゃ。特養ホームを造ってくださる伊良部先生は」

各役場の助役クラスも大挙して押し寄せ、伊良部を探し回った。捕まえると、「今度はぜひうちの島にも」と代わる代わる懇願していた。

「ま、待遇次第では行ってあげてもいいけどね。ふふん」

伊良部はすっかり調子に乗っている。

小学校の校庭は、トラック部分を囲むようにして完全に人で埋まった。入りきらないので校舎が開放され、二階三階の窓に観客が鈴なりになった。

応援席は、校舎を背にして右側に小倉派の支持者、左側に八木派の支持者が陣取った。敬老会はその真ん中だ。

良平とマユミは、本部テントに伊良部の世話役として陣取った。伊良部たち見届け人は最前列にいる。テントの中央には小倉と八木の席が並んで設けられた。どうなるかと思って見ていたら、羽織袴姿の二人は目も合わせず、互いにそっぽを向いて腰掛けた。この期に及ぶとおかしくもあった。

マユミは足を組んで、気だるくたばこを吹かしていた。「馬鹿じゃないの」と顔に書いてある。良平は聞いてみた。

「マユミさん、千寿島はどうですか?」

「どうって?」

「任期が終わった後、また来ようと思ったりします?」

マユミがしばし黙る。目を細くし、ゆっくりと首を横に振った。

まあいい。この娘は絶対に本当のことは言わない。

女衆によって清めの塩が撒かれたあと、選手たちがグラウンドに姿を現した。その途端、地鳴りのような拍手と歓声に包まれる。良平は圧倒された。まるで大相撲千秋楽の優勝決定戦か、ローリング・ストーンズのライブのような盛り上がりだ。

「ケンジ！　気張っていけやー！」

「あんたーっ、負けたらあかんよー！」

あちこちから声援が飛ぶ。応援席では色とりどりの大漁旗が振られ、縁起物という地元の千寿豆が宙に舞った。

男たちは全員が六尺ふんどしに足袋という姿だった。上には半被《はっぴ》を羽織っている。小倉派が藍《あい》色、八木派が薄茶色だ。この日のために五分刈り頭になった男たちが相当数いた。

古色蒼然《こしきそうぜん》とした光景に、良平の肌がざわざわと粟立《あわだ》った。

高層ビルが建ち並び、着飾った男女が街を闊歩《かっぽ》し、金さえあればすべてが手に入る世界屈指の都会。そこからわずか数百キロ離れただけの場所で、時代を忘れたような儀式が行われている。こんな話、東京のみんなは信じてくれるだろうか――。

まずは小学校の校長により、開会の辞が告げられる。正装の校長が朝礼台に立った。

「千寿島に赴任して三年、まさかこういう大役を仰せつかる日が来るとは思いもしませんでしたな。来年の春には島を去っていく予定の人間に、とやかく言う資格はありません。ただみなさん、大きな怪我をなさらぬよう。ではただいまより第五十一回、千寿島棒倒し大会を開催いたします」

再び歓声が湧き起こる。校長の毅然《きぜん》とした言葉だった。買収される人物ではないと一目でわかった。

続いて敬老会の会長が、孫の助けを借りて台に上がった。八十歳をとうに超えた島の長老だ。いつもは自宅で床に伏せっていることが多いらしく、良平が見るのは初めてだ。

ひとつ咳払いすると会場が静まり返った。

「わしは近頃耳が遠くてな、町がどうなっておるか、あんまり耳に入ってこん。まあそのほうが、ええこともあるが……。おい武」

名前を呼んだ。小倉が弾かれたように顔を上げる。

「わしはおまんの親父さんが村長やった頃、村議会の議長を務めさせてもらった。先代はそれは立派な人やった。今ある港を造ったのは先代じゃ。東京や船会社と交渉して定期船を呼んだのも先代の力じゃ。おまん、その先代に恥ずかしくない仕事をやっとろうな」

小倉が居住まいを正し、顔を少しひきつらせてうなずいた。

「そうならええ。これからも島のために働いてくれ。次に勇」

今度は八木が背筋を伸ばした。

「残念なことに、おまんの親父さんとわしはかつて政敵の関係やった。これはただの巡り合わせで怨《うら》みはひとつもない。むしろ尊敬しておった。八木さんは実に仕事熱心な人やった。八木さんがおらなんだら、千寿島の農家はみんなとっくに島を逃げ出しとる。畜産牧場を造ったのも八木さんじゃ。夏の炎天下、八木さんが鍬《くわ》を振るっておった姿をわしは忘れん。おまん、親父さんに恥ずかしくない仕事をやっとろうな」

八木は虚勢を張るように大きくうなずいた。

「そうならええ。わしらの時代はとうに終わった。あとは若い者で好きにやるとええ」

話を聞きながら、みんなが下を向いている。きっとそれぞれが自分の胸に手をやり、少しずつ恥じているからだ。

「後援会の岩田と徳本はその中におるのか。おったら前に来い」

選手の中から、おずおずと二人が出てきた。土建会社の荒くれ社長が、蛇ににらまれた蛙といった体で緊張している。

「正々堂々戦うという誓いに、おまんらここで握手せい。どうせ武と勇はようせん。おまんらが代わりじゃ」

戸惑いながらも、二人は従った。一方の小倉と八木は顔を赤くしていた。

「ほれ、みんなは拍手じゃ」

一瞬の静寂の後、双方の応援席から拍手が起こった。その音が校舎や森に反響している。テントの下の来賓は立ち上がって拍手をした。いつまでも鳴り止むことはない。

良平は胸が熱くなった。どちらが勝とうとも、この島は大丈夫だと確信した。利害は対立しても、みんなが島を愛している――。

長老が台を降りると、入れ替わりに伊良部が、スタート用のピストルを手に勢いよく駆け上がった。

「じゃあみんな、行くよーん。準備はいいかなー」素っ頓狂な声を張り上げる。「勝ったほうに特養ホーム建設の協力をするからねー。フォー！」

感動の余韻に浸《ひた》る間もなく、馬鹿が登場した。良平が目を覆う。マユミまでうなだれていた。

「センセ、ほんまに約束してや」オババが野次を飛ばした。

「任せてよ。ちゃんとおとうさんを担ぎ出すから」

「おとうさんって、センセ、歳はいくつじゃ。もしかしてほんとはワラベとちがうか」

会場がどっと沸いた。張り詰めていた空気が瞬時にして緩み、あちこちで白い歯がこぼれる。まったく伊良部は不思議な人間だ。この島に来てたった二週間で、みんなの心をつかんでしまった――。

いや、心をつかんだは褒め過ぎか。要するに、島に珍しい生き物がやってきたのだ。

「それじゃあ、みんな位置について」

その言葉を合図に、左右に二本の棒が立った。あらためて見ると、砦《とりで》のように大きい。先には旗が小さく揺れていた。

「よーい」

伊良部が左手の人差し指で耳の穴をふさぎ、右手でピストルを真上に向けた。

両軍合わせて四百人の男たちが構えた。全員、顔を紅潮させている。男たちの姿がまぶしかった。観客が全員立ち上がる。良平は拳《こぶし》を握り締め、生唾を飲み込んだ。

号砲が鳴った。

初出誌

オーナー　オール讀物　平成17年1月号
アンポンマン　オール讀物　平成17年4月号
カリスマ稼業　オール讀物　平成17年7月号
町長選挙　オール讀物　平成18年1月号

著者略歴

1959年、岐阜県生まれ。
プランナー、コピーライター、構成作家を経て作家になる。
著書に『ウランバーナの森』『最悪』『東京物語』
『イン・ザ・プール』『マドンナ』『真夜中のマーチ』
『サウスバウンド』『ララピポ』『ガール』など。
2002年『邪魔』で第4回大藪春彦賞受賞。
2004年『空中ブランコ』で第131回直木賞受賞。
スポーツにも造詣が深く、『野球の国』
『延長戦に入りました』などの作品がある。

町長選挙《ちようちようせんきよ》

2006年4月15日　第一刷発行
2007年5月30日　第八刷発行

著　者　奥田英朗《おくだひでお》

発行者　庄野音比古

発行所　株式会社　文藝春秋

〒102-8008　東京都千代田区紀尾井町3-23
電話　03-3265-1211

印刷所　凸版印刷

製本所　加藤製本

万一、落丁・乱丁の場合は送料当方負担でお取替えいたします。
小社製作部宛、お送り下さい。定価はカバーに表示してあります。

ISBN4-16-324780-7

文藝春秋の本

遠くて浅い海　ヒキタクニオ

天才の消し屋・将司は、製薬会社研究員の天願を消す依頼を受け、沖縄へ。二人の天才同士の駆け引きが始まった。大藪春彦賞受賞作

バケツ　北島行徳

マッチョだが気の弱い神島は、養護施設で知的障害のある少年「バケツ」と出会う。やがて同居生活を始めるが次々にトラブルが……

わたしが愛した愚か者　Dōjō——道場II　永瀬隼介

ひょんなことで空手道場を預かることになった藤堂は図々しい中年や生意気な後輩に囲まれつつ奮闘。恋人の自殺未遂の過去も明らかに

ハルカ・エイティ　姫野カオルコ

大正九年、関西生まれの持丸遙は淡い恋も経験しつつ女学校を卒業。見合い結婚という平凡な人生だったが、戦争が運命を狂わせていく

文藝春秋の本

インザ・プール　奥田英朗　＊

精神科医伊良部のもとを訪れた患者たちは、その稚気に驚き、呆れ……。待ち受ける前代未聞の体験。こいつは名医か、ヤブ医者か？

空中ブランコ　奥田英朗

ジャンプがうまくいかないサーカス団員、尖端恐怖症のヤクザなど、伊良部総合病院には今日もおかしな悩める者たちが。直木賞受賞作

＊は文春文庫版もあり